KB069383

무림에 떨어진 현대인   4

초판 1쇄 인쇄일 2021년 05월 14일 | **초판 1쇄 발행일** 2021년 05월 20일

지은이 청루연 | **펴낸이** 곽동현 | **담당편집 팀장** 이범수
편집부 정요한 최훈영 조혜진

펴낸곳 (주)조은세상 | 출판등록 제2002-23호
주소 서울특별시 동작구 동작대로1길 27 5층
TEL 02)587-2966 | FAX 02)587-2922
E-mail bukdu@comics21c.co.kr

청루연ⓒ2021
ISBN 979-11-6591-819-4 | ISBN 979-11-6591-687-9(set)
값 8,000원

무림에 떨어진

청루연 신무협 장편소설

현대인

청루연 신무협 장편소설

NEO ORIENTAL FANTASY STORY

CONTENTS

23章.

흑천팔왕의 귀환을 알리는 뿔피리 소리가 넓게 울려 퍼지
자, 삼엄하게 경비하던 총단 외원의 무사들이 일제히 기합성
을 내질렀다.

-련의 왕을 뵙습니다!
-왕을 뵙습니다!

마겸왕과 독편살왕은 대충 손을 휘휘 저어 흑천련 무사들
의 예를 물린 후 곧바로 보법을 일으켜 약왕당(藥王堂)으로
몸을 날렸다.

휘리리릭.

마겸왕이 약왕당에 도착하자마자 급한 마음에 소리쳤다.

"약왕(藥王)! 안에 있나!"

덜컥.

쪽문을 열고 얼굴을 쏙 내민 백발 미염(美髥)의 노인이 흥하고 코웃음을 치며 말했다.

"쯧쯧쯧. 또 어디 가서 밤새 진탕 굴러먹고 정기(精氣)가 상했나? 혈보단(血寶丹)의 완성은 멀었으니 다음에 와라! 내 먼저 기별한다 하지 않았나!"

마겸왕이 전광석화처럼 약왕에게 다가가 속삭였다.

"우리는 무형지독에 당했다."

"무, 무형지독?"

독중독(毒中毒) 무형지독(無形之毒).

이미 그 비전이 강호에서 사라졌다고 전해지는 그런 엄청난 독에 당했다고?

"착각한 것이 아니냐? 무형지독은 이미 수백 년간 자취를 감춘 독이다."

마겸왕이 처절한 표정을 지었다.

"아니다! 우리 둘 다 전형적인 무형지독의 증세를 경험했다! 이미 보름짜리 해약도 먹은 상태야!"

"이런 상병신! 목줄이 채워졌구나!"

"빠, 빨리 해약을 만들어 다오!"

"아니 이런 미친놈을 봤나? 무슨 무형지독의 해독이 저잣거리에 돌아다니는 약방문 같은 줄 아나?"

그럼에도 한없이 진지한 마겸왕과 독편살왕의 얼굴.

흑천련 입장에서도 보통 일이 아니었다. 무려 흑천팔왕의 둘이 해약으로 목줄이 채워졌다.

"일단 맥문(脈門)부터!"

서둘러 팔을 내미는 마겸왕.

그의 맥문을 잡고 한참이나 눈을 반개하고 있던 약왕이 고개를 슬그머니 갸웃거렸다.

"기경팔맥(奇經八脈)과 십이경락(十二經絡)이 너무도 정상이다. 내공도 오히려 좀 늘어난 것 같은데? 활력도 증진이 된 것처럼 느껴지는군. 최근에 무슨 보약이라도 먹었나?"

마겸왕이 기가 찬다는 듯 혀를 끌끌 차며 말했다.

"멍청한 돌팔이 놈! 무형(無形)의 뜻이 뭐냐? 무색무취에 당하고 무증상으로 말라 가는 독이다! 명색이 약왕이라는 놈이 그것도 모르나?"

"하기야……."

물론 일리는 있는 말이다.

하지만 천하에 존재하는 그 어떤 독도 완전한 무증상을 보일 수는 없었다.

독력(毒力)이란 기본적으로 인간의 몸을 훼손하는 힘.

아무리 은밀한 독이라 할지라도 기경팔맥에 아무런 영향

11

을 끼치지 않는다는 것은 말이 안 된다.

그런 독이 존재할 리가 없지 않은가.

"틀림없이 무형지독에 하독당해 병신같이 누워만 있었다! 몸을 움직일 수조차 없었단 말이다!"

아직 절대경에 이르지 못해 그 고절한 의념의 세계를 모르는 마겸왕으로서는 무조건 독으로 생각할 수밖에 없었다.

백 장 내의 모든 움직임(動)의 결을 의념으로 비트는 무공? 상상조차 할 수 없는 경지인 것이다.

독편살왕이 거들었다.

"그야말로 엄청난 독이었네. 백 장 내의 모든 사람들이 동시에 쓰러졌었지. 그 귀신같은 하독(下毒) 실력만큼이나 지극히 잔악무도한 놈일세."

평소 언행을 신중히 하는 독편살왕까지 저렇게 나오니 약왕으로서도 일을 가볍게 치부할 수가 없는 노릇이었다.

"보름을 버티는 해약을 먹었다고 했나?"

"그렇다!"

"어쩌면 해약이 아닐 수도 있다."

"뭐, 뭣이?"

"만약 당신들의 증언이 틀림없다면, 무형지독이 확실하다면, 그리고 그 독력이 기경팔맥, 십이경락 어디에도 존재하지 않는다면!"

"아, 않는다면?"

약왕이 더없이 신중한 얼굴을 한다.

"답은 뇌(腦)다. 무형지독은 뇌를 마비시키는 독이야."

약왕은 마치 확신하는 눈치였다.

"네놈의 이유 모를 활력…… 아직도 모르겠나?"

"도, 도대체 뭘 말이냐!"

곧이어 들려온 약왕의 진단은 마겸왕과 독편살왕에게 청천벽력과도 같았다.

"자네들이 먹은 해약은, 사실 강제로 회광반조를 일으키는 이중의 독이란 말일세!"

쨍그랑!

태어나서 처음으로 낫을 떨어뜨린 마겸왕!

"회, 회, 회광반조(回光返照)……!"

죽음 직전, 모든 잠력이 폭발하여 일시적으로 활력이 돌아오는 현상을 회광반조(回光返照)라 한다.

"그, 그게 무슨 소리냐! 이렇게 팔팔한데 회광반조라니!"

발악과도 같은 마겸왕의 외침에, 약왕이 혀를 끌끌 차며 말했다.

"본디 뇌를 상하게 하는 독은 해약이 없다. 엄청난 양강(陽剛)의 내가고수가 진기도인술(眞氣導引術)로 골수에 치민 독을 태워서 치료한 사례가 있긴 하지만, 그래 봤자 백치가 될뿐. 목숨을 연명한들 실혼(失魂)한 자를 어찌 사람이라 부를 수 있겠느냐."

약왕이 안타깝다는 듯 측은한 눈으로 자신을 바라보자 마겸왕이 버럭 화를 냈다.

"그, 그런 눈으로 보지 마라! 이미 죽은 사람 취급하지 말라고! 빨리 해결책을 내놔라!"

독력이 뇌수까지 치밀었다면 약왕으로서도 마땅한 방법이 없었다.

"본 왕이 해 줄 말은 하나뿐이네. 그대들이 복용한 것은 해약이 아니라 체내의 잠력을 일시적으로 폭발시켜 주는 또 다른 독. 희망이 있다면 하독한 자의 자비뿐이겠지."

"자비?"

약왕이 묵묵히 고개를 끄덕였다.

"독인(毒人)의 기본은 스스로 다루는 모든 독의 해약을 함께 상비하는 것이 원칙이네. 자칫 실수했다가는 스스로를 상하게 할 수 있기 때문이지. 그 옛날 천멸(天滅)이라 불렸던 무형지독을 다루는 자라면 틀림없이 해약을 지니고 있을 것이네. 해약이 없더라도 반드시 해독 방안을 알고 있겠지."

"이런 씨발……!"

결국은 그 재수 없는 놈이 여전히 자신의 생사여탈권을 쥐고 있다는 소리다.

마겸왕은 팔왕(八王)의 위(位)에 오른 후로 이렇게 스스로에게 화가 난 적은 처음이었다.

자신의 운명이 한낱 독(毒)에 의해 좌지우지되리라고는 생각지도 못한 것이다.

"그나저나 누구였나? 무형지독이라니 도저히 믿을 수가 없군. 혹 당가(唐家)의 고수였나? 아니면 독곡(毒谷)?"

마겸왕이 짜증스런 얼굴로 홱 하니 몸을 돌렸다.

"모른다 이 돌팔이 놈아. 이 일을 어디 가서 떠벌리고 다니진 않겠지?"

약왕의 핏 하고 웃었다.

"몸이 고장 난 게 아니라면 나 같은 골방 늙은이에게 어디 찾아올 놈이 있던가?"

"흥!"

마겸왕이 홱 하니 몸을 돌려 약왕당 밖으로 사라지자 독편살왕도 묵묵히 그의 뒤를 따랐다.

◆ ◈ ◆

신기제갈(神機諸葛).

중원지낭(中原智囊).

자고현량(刺股懸梁).

강호에서 제갈세가를 상징하는 단어들.

그들의 가언(家言)인 '때를 대비하라.' 역시 유명하다.

이 제갈량의 후손들은 강호의 모든 위난과 함께했다.

그들의 뛰어난 지혜로 무림은 몇 번이나 구원받았으며 이에 제갈세가를 향한 강호의 존경은 지극했다.

그런 영향력이 현 무림맹에도 짙게 남아 있어 '신기제갈의 무림맹'이라 불릴 정도.

제갈명현(諸葛明賢).

그 유명한 만박자 제갈유운의 장남으로 현 제갈세가의 가주인 자.

그가 제갈세가를 상징하는 봉황기(鳳凰旗)를 조심스럽게 헝겊으로 닦고 있었다.

"가주님. 내원주님께서 방문하셨습니다."

제갈명현이 조심스레 봉황기를 내려놓더니 고아한 몸짓으로 학창의를 여몄다.

"들라 하라."

시비와 함께 가주전으로 들어선 제갈영은 내원(內園)의 주인이자 가주 제갈명현의 장남이기도 했다.

"아버님."

제갈세가의 고절한 학풍이 고스란히 느껴지는 예법으로 정중하게 예를 올리는 제갈영.

장자의 훌륭한 몸가짐에 흡족할 법도 하건만 제갈명현은 담백한 표정으로 예를 받을 뿐이었다.

"무슨 일이냐."

제갈영이 품속에서 서찰을 꺼냈다.

"운(雲)이의 소식입니다."

"운이가?"

반가운 얼굴을 하다가 이내 가볍게 미간을 찌푸리는 제갈명현.

그도 그럴 것이 자신의 막내아들 제갈운은 감찰소교위에 임관하자마자 갑자기 맹의 명령을 무시하고 단독 행동을 통보해 왔다.

때문에 제갈세가로서는 난처하기가 이만저만이 아니었다.

맹의 감찰원 감찰소교위는 그 위치에 비해 권력이 상당한 자리다.

자신의 작은아들이 감찰소교위에 배치되고 난 후, 각 문파들은 축하사절을 통해 엄청난 예물들을 보내왔다.

감찰소교위는 맹에 소속된 모든 문파들의 재산을 감시하는 자리. 괜히 밉보였다가는 문파의 존망이 위태로울 수 있는 것이다.

한데, 그런 엄청난 직책을 거머쥔 놈이 뜬금없이 임무를 저버리고 단독 행동을 하겠다고 소식을 전해 오니 얼마나 황당했겠는가.

이내 제갈명현이 서찰을 열어 보기 시작했다.

늘 기복이 없는 표정 때문에 지암(智巖)이라는 별명으로 불렸던 제갈명현이다.

한데 그의 얼굴이 점점 구겨지고 있었다.

불안한 듯 거칠어지는 호흡.

부들부들 떨리는 두 손.

"이, 이게 무슨……!"

죄송하다며 빨리 복귀하겠다고 해도 모자랄 판국에 맹에
감찰소교위의 사임을 통보했단다.

그것만으로도 열불이 터져 죽을 지경인데 뜬금없이 금화
이만 냥을 융통해 달라니?

금화 이만 냥은 제갈세가의 한 해 수입과 맞먹는다.

자금의 용처를 살펴보니 조가대상회에 투자를 하겠다고
한다.

물론 조가대상회는 알고 있었다.

맹에서도 유의 깊게 주시하고 있는 남궁세가의 상회.

제갈과 남궁은 물과 기름이요, 견원지간(犬猿之間)이다.

그 빌어먹을 남궁 놈들에게 왜 투자를 하겠다는 건가?

"아버님. 소자도 살펴봐도 되겠습니까?"

제갈영으로서도 아버지가 저토록 흥분하는 모습은 지금까
지 살면서 처음이었다.

서찰의 내용이 궁금해서 미칠 지경.

제갈명현이 아직도 부들부들 떨리는 손으로 서찰을 장자
에게 내밀었다.

서찰을 내리 읽어 가는 제갈영의 반응도 제갈명현과 그다
지 다르지 않았다.

뛰어난 학식과 엄정한 품위로 명성 높은 제갈영의 입에서

도 거친 욕설이 튀어나왔다.

"이, 이런 미친놈!"

오히려 육두문자를 참은 것이 스스로 대견할 지경.

아니 무슨 감찰소교위가 저리도 헌신짝처럼 버릴 수 있는
자리인가.

감찰소교위의 자리만 보장된다면 만금을 싸 들고 맹에 가
고 싶은 자들이 부지기수일 것이다.

제갈영이 서찰을 구기며 벌떡 일어났다.

"이놈의 자식이! 당장 제가 안휘로 가서 운이를 끌고 오겠
습니다 아버님!"

부들부들.

두 주먹을 말아 쥔 채 연신 몸을 떨고 있는 제갈영.

장자는 그 대(代)를 책임지는 자리. 동생의 일탈은 자신의
책임이나 다름없었다.

"일단 앉거라."

제갈명현은 어느덧 고요한 신색으로 되돌아와 있었다.

학문과 진법, 기관토목지술 이외에는 어디에도 관심을 두
지 않았던 막내아들이었다.

그런 아들이 갑자기 장사치처럼 투자를 운운한다면 남궁
세가에서 남다른 뭔가를 살폈다는 뜻이다.

총명하기로 이름 높은 소제갈이 맹의 감찰소교위까지 포기
해 가며 하고 싶은 것이 그 남궁의 조가대상회에 있다는 소리.

지금까지 자신이 겪어 온 막내아들은 결코 허투루 일을 그르칠 아이가 아니었다.

"혹 예전에 소룡대연회를 마치고 돌아온 운이가 우리에게 했던 말을 기억하느냐?"

잠시 머뭇거리던 제갈영이 생각난 듯 고개를 끄덕였다.

"남궁의 빈객, 조휘라는 자 말입니까?"

"그래. 운이가 말했던 그 잠룡(潛龍) 말이지."

안휘의 잠룡.

막내아들은 지금까지 자신이 겪어 온 그 누구보다 뛰어난 자라고 말했다.

무공이면 무공, 학문이면 학문, 예술이면 예술.

거의 모든 분야에 대가(大家)의 경지를 이룩한 약관의 청년.

"터무니없는 말입니다. 그 나이 때는 뭐든 새롭고 설레는 법이지요. 자신에게 없는 것을 지닌 자에게 매료당하는 감정 역시 처음일 것입니다. 과장이 있다고 생각합니다."

제갈명현이 나직이 고개를 가로저었다.

"이번에도 그자를 만나러 간다지 않았느냐. 냉정하기 짝이 없는 녀석이다. 이만한 사고를 칠 때는 반드시 그 이유가 있을 터."

"음……."

제갈명현이 섭선을 펼쳐 펄럭이며 두 눈을 지그시 반개했다.

"네가 그 조휘라는 자를 살펴보고 오너라."

"예 아버님. 그리하도록 하겠습니다."

"총관에게 일러둘 테니 금화도 가져가도록 해라."

"아니 아버님?"

두 눈을 동그랗게 뜨며 의문을 표시하고 있는 제갈영.

자그마치 금화 이만 냥이다.

막내의 몇 마디 말에 동원될 수 있는 금액이 아닌 것이다.

"그 조휘라는 청년은 단 몇 년 만에 합비의 상계를 통째로 거머쥔 상인이라 들었다. 네가 직접 그자의 가치를 살피거라. 투자의 결정은 운이가 아니라 네게 일임하겠다."

"알겠습니다. 아버님."

제갈영이 공손히 물러나자 제갈명현이 두 눈을 지그시 감았다.

이 일과는 별개로 무림맹의 일이 더 신경이 쓰였다.

이렇게 되면 감찰소교위 자리는 또 화산(華山)으로 갈 확률이 높다.

화산파의 영향력이 지나치게 높아지고 있었다.

그다지 좋지 않은 신호였다.

◆ ◈ ◆

흑천련주 흑천대살이 벌떡 일어났다.

"그 악귀탈 놈이 또 왔다고?"

엎드려 부복하고 있던 전령귀살이 고개를 들며 눈을 빛냈다.

"틀림없습니다! 저번처럼 단독으로 흑왕당을 방문했습니다!"

"허……"

그 기개만큼은 인정할 수밖에 없는 놈이다. 무슨 흑천련을
제집처럼 드나들다니!

"이번에도 흑문(黑門)의 위령귀살들이 발견하지 못한 것
이냐?"

"그, 그렇습니다 련주님."

연신 식은땀을 흘리는 전령귀살.

이번에도 그 악귀탈 놈은 련의 방비를 깔끔하게 무시하며
느닷없이 흑왕당에 나타난 것이다.

결코 가볍게 볼 수 없는 놈이었다.

"데리고 와라."

"존명!"

차 한 잔 마실 시간이 지나자 전령귀살이 악귀탈 사내를 데
려왔다.

그는 물론 조휘였다.

"잘 지냈습니까."

여전하다.

저 비꼬는 듯한 목소리.

흑천대살이 끈덕진 눈빛으로 조휘를 쳐다보았다.

"어이없는 놈이로군. 이런 식으로 본 좌를 계속 자극하다

가는 그 목이 무사하지 못할 텐데?"

"동업자끼리 그 무슨 살벌한 언사십니까. 이제 곧 저희 상
회의 물건들이 쏟아질 텐데 한몫 단단히 챙기셔야죠."

"다음부터는 반드시 정상적인 절차를 밟아 본 련을 방문하
도록. 정식으로 흑문의 위령귀살들에게 방문을 통보하고 객
첩을 받아 본 좌를 찾아오라."

조휘가 피식 웃었다.

"에이. 그건 안 되죠. 그러면 신분을 드러내야 하는데 전
이 악귀탈을 벗을 생각이 없습니다만."

흑천대살이 기묘하게 표정을 일그러뜨렸다.

"본 좌가 그 하찮은 가면 하나 벗기지 못할 거라고 생각하
는가?"

"저번에도 말씀드렸을 텐데요. 저는 늘 이곳을 방문할 때
황궁으로 소식을 전할 파발을 준비해 놓습니다. 두 시진 이내
에 제가 돌아오지 않는다면 곧바로 황궁에 소식이 전해지죠."

"……."

감히 흑천련의 련주를 앞에 두고 일상적으로 협박을 일삼
는 자.

흑천대살이 필사적으로 살의(殺意)를 참으며 관자놀이를
매만지고 있었다.

"용건은."

짓씹듯 내뱉은 음성.

조휘가 태연자약하게 대답했다.

"십만 금 정도만 융통해 주시죠. 아시다시피 이리저리 땅을 많이 사서 돈이 좀 부족합니다. 이자는 알아서 챙겨 드리죠."

흑천대살 곁에 시립해 있던 련의 간부들이 한 몸처럼 대노했다.

"저런 미친놈을 봤나!"

"저 씹어 먹어도 시원찮을 놈!"

조휘가 그런 간부들의 반응을 깡그리 무시하며 재차 입을 열었다.

"왜들 난리십니까. 어차피 곧 저희 상회의 물건으로 떼돈을 버실 텐데요. 물품의 대금을 미리 지급하는 거라 생각해 주시면 안 되겠습니까? 통 크게 선심을 베풀어 주신다면 이자 몫으로 물건을 확실히 더 챙겨 드리죠."

마치 생색을 내는 듯한 조휘의 태도에 흑천대살은 결국 마지막 남은 이성의 끈이 툭 하고 끊겨 버렸다.

흑천대살이 조휘를 죽일 듯이 노려보며 입을 열었다.

"암흑천살."

그의 부름에 짙은 어둠의 그림자를 온몸에 두른 외눈의 살수가 허공에서 음산하게 나타났다.

-충(忠).

메아리처럼 들려오는 귀곡성.

그것은 인간의 원초적인 두려움을 자극하는 듯한 기묘한 목소리였다.

암흑천살(暗黑天殺).

련주의 그림자로만 알려진 자.

아무도 그의 진실된 실력을 몰랐다.

허나 팔왕(八王)의 우두머리라 할 수 있는 철권왕조차 그를 두려워한다는 소문이 돌 만큼 그 진실된 위계는 련주 바로 아래였다.

"특살귀령대(特殺鬼靈隊)를 이끌고 모든 포구를 장악하라. 북(北)으로 향하는 모든 파발을 막아라."

-존명(尊命).

조휘의 표정이 일변한다.

흑천대살이 결의를 다졌다.

그의 의도는 명확하다.

"지금 날 죽이려는 겁니까?"

흑천대살이 침묵으로 쇄검을 들어 올리자.

조휘가 재미있다는 듯 피식 웃는다.

"이거 참."

이렇게 나오면 어쩔 수 없는 노릇.

쿠쿠쿠쿠쿠쿠.

거칠게 진동하는 대전.

"부술 수 있는 자가 빼앗을 수도 있다는 건 왜 생각 못 하지?"

천검류(天劍流).

천하절대검령(天下絶大劍靈).

또다시 검총의 위대한 검공이 현신한다.

크게 눈을 뜨는 흑천대살.

그는 이제야 비로소 확신했다.

흉수는 남궁(南宮)이 아니라 눈앞의 이 악귀탈이었음을.

조휘는 짜증이 났다.

객잔 앞에서도 그렇고 지금도 그렇고 왜 자꾸만 무력을 드
러낼 상황이 생기는지 모르겠다.

분명 파발로 협박하면 먹혀들 거라고 생각했건만.

불문곡직 포구를 막으라고 지시하며 자신에게 살의를 드
러낼 것이라고는 예상하지도 못했다.

그냥 좀 입 터는 대로 들어주면 안 되나?

흑천대살은 그런 악귀탈 사내(?)를 경악의 얼굴로 쳐다보
며 연신 비틀거리고 있었다.

칠무좌의 남궁수조차 몸을 가누기까지 한참이나 걸렸는데
흑천대살이라고 별수 있겠는가.

'……이 무슨!'

도대체 이걸 뭐라고 받아들여야 하나?

의념을 일으키지 않고서는 제대로 서 있는 것조차 힘들다.

이게 무공이라고?

이런 수법은 서역 배교의 사술(邪術)이나 천마성의 섭혼술(攝魂術)밖에 없다.

이 두 수법은 정신에 최면이나 착란을 일으키는 사술.

허나 머리도 어지럽지 않았고 마음이 날뛰지도 않았다. 사술이 아니라는 뜻.

그렇다고 내가진기가 끊어지는 것도 아니고 자유롭게 근력을 쓸 수 없는 것도 아니다.

하지만 몸을 움직이는(動) 그 순간 귀신같이 어떤 힘이 작용해 모든 것이 상쇄된다.

그야말로 귀신이 곡할 노릇.

유일하게 의념(意念)을 곧추세울 때만이 그 힘을 극복할 수 있었는데, 그 말인즉 이 대전에서 '의념의 무혼'을 지닌 절대경의 자신만이 서 있기라도 할 수 있다는 뜻이다.

다른 이들은 자신이 지금 무엇 때문에 누워 있는지도 모른다는 소리.

인간은 자신이 경험하지 못한 세계를 좀처럼 받아들이지 못했다.

그 결과가 지금 수하들의 반응이다.

"하독(下毒)이다!"

"극독……!"

아무 이유 없이 갑자기 몸에 이상이 생긴다면 일단 독을 의심할 수밖에 없는 것.

"아니다! 이건 독이……!"

그렇게 혹천대살이 부하들의 혼란을 막기 위해 독이 아니라고 고함치려는 그때.

쐐애애애액!

번개처럼 날아든 해약(?)이 그의 벌어진 입 속으로 그대로 파고들었다.

"……커헉!"

꿀꺽.

목이 찢기는 듯한 통증과 함께 얼떨결에 삼켜 버린 혹천대살.

그는 목을 움켜잡은 채 연신 비틀거리며 황망한 얼굴로 악귀탈 사내를 쳐다보고 있었다.

"해약이다. 부하들에게도 해약을 먹이고 싶다면 순순히 내 말에 따라야 할 거야."

혹천대살이 기함하며 소리쳤다.

"도, 동요하지 마라! 독이 아니다! 이건 독이 아니란 말이다!"

쓰러져 있는 수하들은 하나같이 얼굴을 일그러뜨렸다.

저 피도 눈물도 없는 련주(聯主)는 만 명의 부하들이 독에 당할지언정 적을 향해 사즉필생을 명령할 사내다.

평소 그의 잔악한 위명에 몸을 떨지 않는 부하들이 없었다.

혼자 해약을 독차지했으니 이제 자신들은 안중에도 없을 터.

수하들이 묘한 눈빛으로 자신을 바라보고 있자 흑천대살은 당황한 기색이 가득했다.

'이것들이!'

조휘는 이런 대전의 분위기에 흡족한 듯 내심 조소를 머금었다.

만약 이곳이 남궁세가였다면 가주의 한마디 외침에 모든 무인들의 눈빛에 결기가 어렸을 터.

이것이 사파(邪派)의 한계다.

이익으로 뭉친 자들, 강력한 힘의 위계로만 휘하를 통제하는 조직 흑천련.

이런 집단의 가장 취약한 고리는 '신의'다.

이들에게 믿음(信)이란, 전통과 존경, 정(情)과 의리에서 나오는 것이 아니라 오로지 돈(金)에서 나온다.

그런 '이익'이 무너졌을 때 이들은 가장 취약해진다.

"아직도 내가 흑천련의 창고를 털지 못할 것이라 보나? 당신들의 목숨을 쥐고 있는데?"

하나같이 몸을 부르르 떠는 대전의 흑천련 간부들.

대전에 있는 흑천련 고수들의 면면을 살펴보랴.

천살 대흑랑(大黑狼) 염천귀.

천살 탈명수라(奪命修羅) 파진사.

천살 사사살혼(邪邪殺魂) 악무린.

천살 혈우독비(血雨毒匕) 추룡.

천살들 중에서 가장 강한 무공을 지녔다는 사천살(四天殺)을 필두로, 각 무력대를 이끄는 살대주들, 원로원의 육지노와 독심파파, 부련주 팔황검노, 총사 서유, 심지어 방금 전 인상 깊게 등장했던 암흑천살까지!

팔왕을 제외한 거의 모든 흑천련 총단의 고수들이 지금 이 자리에 중독당해 있었다. 저 무서운 련주조차도 저토록 동요하고 당혹해하는 마당.

련의 최고수들도 이렇게 무력한데 한낱 창고 앞의 문지기들이라면 저자에게는 식후 소일거리도 되지 않을 것이다.

더구나 악귀탈 사내의 해약.

그는 현재 여기에 있는 모든 고수들의 목숨을 손에 쥐고 있다.

그 생사여탈권을 쥐고 흔들며 협박하는데 무슨 묘수를 부릴 수 있단 말인가.

그렇게 흑천련의 간부들 모두가 독기 섞인 진득한 눈으로 련주의 입만 쳐다보고 있었다.

목숨이 걸려 있는 이상 이판사판이 될 수밖에 없다.

수하들의 그런 험악한 분위기에 흑천련주는 싸늘하게 마음이 식어 갔다.

'간악한 놈!'

아무리 살펴봐도 놈의 기도와 의념 속에는 진중하고 묵직한 그리고 고아한 정기가 녹아 있었다.

정도무공 특유의 정갈한 기운.

한데 놈의 계략이나 심계는 마치 천마성의 주교 이상을 마주하고 있는 것 같다.

절대의 경지로 미뤄 보아 틀림없는 칠무좌(七武座)급의 정파 고수.

남궁세가에 창천검협 남궁수 이외에 또 다른 절대의 고수가 있었단 말인가?

모든 것이 혼란스러웠다.

"부하들을 모두 죽이겠다면 어쩔 수 없는 노릇이지 뭐. 이만 간다."

홱 하니 몸을 돌려 대전의 바깥쪽으로 발길을 옮기는 조휘.

독이 아니라는 외침이 목구멍까지 치밀었지만 그랬다간 부하들의 신임이 또다시 나락으로 처박힐 터.

"멈춰라!"

"응? 왜?"

흑천대살이 이 악물고 소리쳤다.

"금화 십만 금은 너무 많다."

조휘가 그 무슨 개소리냐는 듯 얼굴을 구기며 품속에서 예의 장부를 꺼냈다.

"뭔 소리야? 네놈들이 포양호 상권에서 뜯어내는 자릿세만

해도 일 년에 삼만 금인데? 거기에 각 상단과 표국의 뒤를 봐
주며 챙기는 상납금만 오만 금, 매번 춘궁기에 작물을 되팔아
버는 시세 차익만 십삼만 금, 어시장 중계 수입 십만 금, 포양
호의 뱃길을 장악하고 거둬들이는 통행세 칠만 금, 게다가 직
접 운영하는 기루, 매음굴, 도박장 등에서…… 와! 사십만 금?
이거 순 개새끼들이네?"

막상 나열하고 보니 조가대상회의 일 년 수입보다 더 많았
던 것.

문제는 수입 대부분이 착취의 성향을 띠고 있어 그 악랄함
에 조휘는 혀를 내두를 수밖에 없었다.

"정보상이 파악하고 있는 대략적인 수입만 팔십만 금이다
이 새끼야. 뭐? 십만 금이 없어? 진짜로?"

마치 '뒤져서 나오면 백 원에 한 대'라도 시전할 기세.

갑작스런 반말과 막말에 화를 낼 법도 하건만 흑천대살은
오히려 냉정하게 소리쳤다.

"그걸 다 네놈이 부수고 불태웠지 않느냐! 다 사라졌는데
뭘 어쩌란 말이냐!"

"그런데 이 새끼가?"

조휘가 눈을 부라리며 장부의 다음 장을 펼쳤다.

촥! 촥!

"대륙전장에 삼십만 금, 금와전장에 삼십만 금, 명일전장
에 삼십만 금? 뭔 삼삼삼 분산 투자 전략이냐? 아주 공평하게

도 맡겨 놨네?"

"아니 그건……!"

"흑천련의 재산이 창고에만 있냐? 누굴 바보로 아나. 잘도 고이 모셔 놨구만 뭘. 더 이야기해 줘? 황숙(皇叔) 주경……!"

"안 돼!"

흑천대살이 조휘의 입에서 황숙이란 단어가 튀어나오자마자 기함하며 조휘 주변의 음파를 차단했다.

이 대전에 있는 자들이 아무리 수뇌부들이라 해도 결코 외부에 알려져선 안 될 일이었다.

허나 상대도 의념의 무혼을 발휘할 수 있는 절대경.

조휘가 흑천대살이 펼친 기막(氣幕)을 같은 의념으로 찢으려 하자.

"주, 주겠다! 그 십만 금!"

한데, 악귀탈의 사내에게서 반응이 없었다.

흑천대살이 혹시 하는 얼굴로 부들부들 떨었다.

'이 새끼가 설마……!'

조휘가 천연덕스럽게 대꾸했다.

"에이 그건 최초의 협상 조건이지. 해약에 황숙…… 아, 안 할게. 아무튼 사람은 원래 뒷간 들어갈 때와 나올 때의 마음이 다르다구."

조휘가 손가락 세 개를 펼쳐 보였다.

"삼십만 금."

혹천대살은 눈앞이 아득해졌다.

삼십만 금이라면 혹천련의 일 년 총 수입의 절반.

그렇지 않아도 창고가 모두 날아간 터라 출혈이 엄청난데 금화 삼십만 금까지 추가로 뜯긴다고 생각하니 혹천대살은 울화가 치밀다 못해 머릿속이 새하얗게 변해 버렸다.

"하……!"

일찍이 강호에 저런 미친놈이 있었다면 자신이 모를 리가 없었다.

도대체 어디서 저런 괴물 같은 놈이 뚝 하고 떨어졌단 말인가.

저런 놈이 남궁세가?

어림도 없다.

예(禮)와 명예를 향한 정도명가의 집착은 토가 나올 정도다.

저런 미친놈이 정파라면 혹천련은 천마신교다.

장사치?

대체 어떤 상인이 혹천련 영역을 제 맘대로 활보하고 수뇌부들을 일거에 제압하나?

저런 놈이 상인이라면 무림맹이 아니라 상회맹(商會盟)이 세워졌겠지.

'……일단 황숙 운운하는 저 빌어먹을 입부터 막는 게 급선무다.'

혹천대살이 참혹한 심정으로 피가 나도록 입술을 깨물었다.

"……수락하겠다."

거금 삼십만 금을 뜯길 수밖에 없는 현실.

"……그 빌어먹을 해약도 내놓아라."

뻔히 하독이 아니라는 것을 알고 있었지만 부하들의 동요를 더 이상 좌시할 수는 없는 터.

조휘가 호쾌하게 고개를 끄덕인다.

"어이쿠! 거금 삼십만 금을 주시는데 당연히 드려야죠."

파파파팟!

엎드려 쓰러져 있는 수뇌부들의 얼굴에 화색이 돌았다.

자신들의 앞에 떨어져 있는 해약(?)을 향해 필사적으로 몸을 비틀며 다가가는 간부들.

조휘가 음습하게 웃으며 헐겁게 의념을 조종해 주었다.

결국 저마다 해약을 복용하고 안도의 한숨을 내쉬는 간부들.

조휘는 마지막 경고도 잊지 않았다.

"보름짜리 해약입니다. 알아서들 처신하시죠."

어느새 존댓말로 돌아온 조휘였지만 오히려 반말할 때보다 기분이 더 좋지 않은 간부들.

해약으로 명줄을 저당잡는 것은 전통적인 사마외도의 수법이다.

이제 흑천련은 통째로 저 악귀탈 놈에게 넘어간 것이나 다름없었다.

흑천대살이 무표정한 얼굴로 품속에서 뭔가를 꺼내 들었다.

흑표(黑彪).

짙은 흑색의 표범 장식.

흑천련주의 권위를 상징하는 신물이다.

"총사."

총사 서유가 허리를 숙였다.

"하교하십시오."

"삼십만 냥의 출금을 허(許)한다."

"존명."

그 말을 끝으로 흑천대살이 죽일 것처럼 조휘를 노려보고
있었다.

하지만 조휘로서는 아무런 타격감이 없었다.

"삼십만 냥어치의 조가대상회 물건은?"

"아아, 당연히 드려야지. 특별히 원하는 것이 있습니까?"

흑천대살이 입술을 꿈틀거렸다.

"일단 금화 오만 금은 조가철방의 병장기로 받겠다."

"그건 곤란한데."

금화 오만 금어치의 병장기라면 안휘 장군부의 일 년 납품
량과 맞먹는다.

그런 어마어마한 양의 병장기라면 흑천련에게 날개를 달
아 주는 격.

게다가 조가철방의 장인들을 대거 포양호로 빼 온 상황이

라 그럴 여력도 없었다.

"대신 조가성심당의 삼 년 운영권을 넘겨 드리지. 먹는 장사가 얼마나 엄청난 건지 몸소 체험해 보시죠."

"……운영권?"

조휘가 혀를 끌끌 찼다.

"또 잔머리 굴리신다? 그냥 주면 넙죽 받는 거요. 당신이 통 큰 결정을 내려 준 만큼 내 쪽도 꽤 성의를 보인 거라고."

흑천대살이 결국 꼭지가 돌아 버렸다.

"반말을 할 거면 반말로 쭉 하든가 이 새끼야!"

조휘가 총사 서유의 옷깃을 당기며 길을 재촉했다.

"싫은데?"

이렇게 조가대상회는 삼십만 금의 현금을 얻었다.

흑천련의 몰락.

오늘이 그 시작을 알리는 날이었다.

그동안 여러 귀찮은 일에 휘말리기도 했고 포양호의 상인들이 꽤 보수적이라 이런저런 충돌도 있었지만 흑천련의 방문 이후부터는 모든 것이 순조로웠다.

삼십만 금이라는 거금을 확보한 후 일단 조휘는 철광석을 운반할 배부터 구입했다.

서주자사가 관리하고 있는 철광산은 안휘의 곽구현에 있었고 합비까지는 육로로 수송이 가능했지만 포양호의 남창까지는 무조건 수상 운반이 유리했던 것.

허나 배의 확보만큼이나 중요한 것이 뛰어난 뱃사람들을 고용하는 것이었다.

해약(?)이라는 강력한 무기를 쥐고 있었던 조휘에게는 거칠 것이 없었다.

철권왕의 묵룡선단, 그 휘하의 수하들을 사사로이 이용하는 것도 충분히 가능할 정도.

조휘는 철권왕의 수하들을 고용하는 것으로 그 문제를 말끔하게 해결한 것이다.

안정적인 철로가 확보되자 드디어 포양호의 남창에도 거대한 주괴공방(鑄塊工房)이 신설되었다.

그 대단한 규모에 놀라 강서성주가 식겁하며 군사까지 대동해 찾아왔지만 조휘가 으슥한 골목으로 데려가 관(官)의 어깃장을 말끔히 해결해 버렸다.

포양호 사람들은 마치 귀신을 본 것마냥 창백한 강서성주의 얼굴을 발견하고는 새삼 조가대상회의 위력을 실감했다.

도대체 무슨 수를 부렸기에 흑천련에 이어 강서성주마저 저렇게 쉽게 구워삶을 수 있단 말인가.

염철(鹽鐵, 소금과 철)을 나라에서 관리하던 과거의 잔상이 아직 짙게 남아 있었다.

모든 반란은 쌀(米)과 철(鐵)로부터 시작하기에, 특히나 강철의 생산은 관에서 매우 예민하게 받아들일 수밖에 없었다.

강철을 생산하는 주괴공방은 대부분 나라에서 독점하고 있는 터.

장인의 땅이라는 사천성을 제외하고는 이렇게 일개 상단이 대규모로 주괴공방을 운영하는 것은 중원에서 처음으로 있는 일이었다.

물론 합비의 안휘철방도 주괴공방을 운영하고 있었지만 그 규모는 엄연히 안휘철방의 담벼락 안이었다. 관리들도 어느 정도 타협할 수 있는 수준.

하지만 이렇게 대놓고 대규모의 주괴공방을 짓는 것은 얘기가 달랐다. 그러니 성주가 몸소 행차할 수밖에.

한데 조휘는 자칫하다간 역모로 몰릴 수 있는 이 엄청난 행위를, 으슥한 골목으로 성주를 끌고 가 말 몇 마디 주고받는 것으로 해결해 버렸으니, 포양호 사람들의 놀람은 이만저만이 아닌 것이다.

무엇보다도 이 모든 것은 시작에 불과했다는 사실이다.

조가대상회가 매입한 땅에 일사천리로 각 상점들이 들어서기 시작했다.

원래 자리 잡고 있던 거의 모든 전각들이 허물어졌다. 기존의 전각을 활용한다고 해도 외벽이 뜯기거나 지붕을 개조하는 등 완전히 다른 전각으로 탈바꿈하고 있었다.

조가대상회의 명성은 이미 포양호에도 자자했다.

조가객잔은 달달함과 담백한 맛이 일품인 냉차(冷茶)와 독특한 해물 육수의 소면이 유명했고.

그 청량감에 머리끝부터 발끝까지 쾌감으로 쭈뼛 선다는 조가성심당의 흑청수와 도저히 이 세상의 맛이 아닌 것 같은 육겹면포.

그윽한 주향이 백 리를 간다는 청량하고 차가운 조가양조장의 한빙주 역시 그 명성이 대단했다.

무엇보다 사람들의 호기심을 자극하는 것은 조가철방의 운차(雲車).

돌부리에라도 걸릴 때면 엉덩이가 깨질 것 같은 일반 마차와는 달리, 마치 구름 위를 거니는 듯한 느낌이 든다고 하니 궁금하지 않는 게 오히려 더 이상할 노릇인 것이다.

사실 일반적인 마차는 관도가 아니라면 탈 것이 못 됐다. 그냥 차(車)를 떼어 내고 말을 타고 다니는 것이 오히려 더 편할 정도.

철방은커녕 이제 막 주괴공방을 세운 마당에 벌써부터 수많은 관인들과 상단의 행수, 무관의 관주 등 비교적 여유 있는 자들이라면 대부분 운차의 구매를 문의해 왔다.

그렇게, 이 포양호 일대도 서서히 합비화되고 있었다.

떼돈을 버는 일만 남았으니 매일매일 즐겁게 웃고 있던 조휘.

불길한 소식이 날아든 것은 그맘때쯤이었다.

◆ ◈ ◆

"은봉령주가 나타났다고요?"

조휘의 눈살이 찌푸려졌다.

그렇게 찾으려고 난리칠 때는 코빼기도 보이지 않더니, 모든 일이 정리된 이 마당에 뜬금없이 이곳 조가대상회의 분타에 나타난 것이다.

무림맹 비밀 첩보 조직 은봉령.

무엇보다 그들은 상황에 따라 기찰(譏察, 감시하거나 체포하는 일)의 권한도 있었기에 왠지 모를 불길한 예감이 드는 조휘였다.

이 총관이 조심스럽게 다가가 조휘의 의중을 물었다.

"어떡하시겠습니까? 무시할까요?"

조휘가 고개를 모로 흔들었다.

"피할 이유가 없지 않습니까? 들여보내세요."

조휘의 뻔뻔한 태도에 곁에 있던 제갈운이 혀를 내둘렀다.

흑천련의 영역에서 그들과 함께 일을 도모하고 이익을 나누고서 저렇게 태연자약하게 은봉령을 맞이한다고?

아직 조휘는 은봉령의 무서움을 모른다. 무림맹 내에서 은봉령의 위상은 감찰원 이상이다.

"알겠습니다. 모셔 오도록 하겠습니다."

차 한 잔 마실 시간이 지나자 이 총관이 다시 회의실로 돌아왔다.

칙칙한 암적색 적포를 몸에 두른 채 입을 제외한 얼굴의 대부분을 복면으로 가린 사내도 함께.

곧 그가 품에서 은봉령을 상징하는 은봉잠(銀奉簪)을 꺼내 가슴에 달았다.

밀행의 임무를 벗어던지고 은봉령주로서의 권위를 드러낸 것이다.

제갈운이 가장 먼저 예를 표했다.

"맹의 감찰소교…… 아니, 제갈세가의 제갈 모가 인사드립니다."

이미 사임을 통보한 마당에 무슨 감찰소교위란 말인가.

제갈운은 그 씁쓸함에 왠지 더 입맛이 썼다.

"은봉령주요."

조휘는 그런 은봉령주를 게슴츠레 뜬 눈으로 위아래를 살피고 있었다.

의념으로 살펴본 결과 아무것도 느껴지지 않았다.

이 말인즉, 완벽한 무공의 백치이거나 자신과 같은 절대경이란 뜻이다.

기이한 긴장감이 조휘의 가슴 어름에서 번지고 있었다.

"당신이 조가대상회를 대표하는 자, 조휘요?"

다소 오만하게 느껴지는 은봉령주 말투에 조휘는 살짝 언짢았다.

"그렇습니다만."

곧 은봉령주의 단호한 음성이 들려온다.

"맹의 은봉령주로서 기찰의 임무를 시행하겠소. 조가대상회를 대표하는 자 조휘는 맹의 오라를 받으라!"

쐐애애액!

파파파팟!

기다란 밧줄이 자신에게 쇄도해 오자 전광석화처럼 밧줄을 낚아채며 특유의 무심한 얼굴을 하고 있는 조휘.

곧 그의 시선이 자신의 손을 향했다.

점점 붉게 물들고 있는 손.

상대의 밧줄은 보통 밧줄이 아니었다.

연철과 천잠사로 꼬아 만든 은봉강책(銀奉綱策)을 맨손으로?

은봉령주의 입가에 잠시 호기심이 스쳐 지나갔지만 금세 본래의 신색으로 되돌아왔다.

"아니 무슨 사파 새끼들인가?"

비틀린 입매로 은봉령주를 응시하는 조휘.

"다짜고짜 이게 무슨 짓이죠?"

은봉령주가 창밖으로 시선을 옮겼다.

"흑천련의 간부들이 조가대상회의 지부인 조가성심당을

43

운영하고 있다는 사실을 확인하고 오는 길이오. 이는 명백히 맹의 원칙인 '정사불교'를 어긴바, 반드시 협조하는 게 좋을 게요."

"정사불교?"

정과 사는 함께 교우하지 않는다(正邪不交), 즉 서로 깊게 사귀지 말라는 소리다.

곧 황당하다는 듯이 되묻는 조휘.

"아니 일개 상단에게 왜 맹의 잣대를 들이미는 겁니까?"

은봉령주의 입매가 의미심장한 미소를 그려 냈다.

"재밌구려. 남궁세가의 봉공(奉公)이 정파인임을 부정하는 것이오?"

"······."

하.

조휘는 정말 어처구니가 없었다.

"와 어이가 없네? 몇 달 전만 해도 위기에 빠진 당신들을 구하기 위해서 별의별 짓을 다 하고 다녔는데! 이제 와서 이렇게 뒤통수를 쳐?"

조휘 일행이 은봉령을 추적하기 위해 갖은 노력을 기울인 것은, 사실 은봉령주도 잘 알고 있었다.

제갈운이 남긴 맹의 표식을 보고도 무시하고 지나친 것은 자신이었으니까.

"당신이 그들에게 삼 년 동안의 전매권을 줬다는 사실도 알고 왔소."

보다 못한 제갈운이 나섰다.

"령주께서는 아직 우리 회장님의 진의를 모르세요. 그것은 저희가 흑천련에게 내민 독(毒)입니다. 저희들의 진정한 목표는……!"

은봉령주가 제갈운의 말을 잘랐다.

"당신들의 의중이 무엇인지 난 관심 없소. 단지 중요한 것은, 지금 이 순간에도 당신들이 그들과 이익을 나누고 있다는 것이지."

남궁장호가 조심스럽게 말했다.

"남궁세가의 남궁장호요. 맹의 권위를 부정하는 것은 아니오. 하지만 여러 오해가 있는 듯하오."

"오해?"

"조가대상회는 흑천련의 모든 창고를 부숴 엄청난 타격을 주었소. 거기에 금화 삼십만 냥이라는 거금을 그들에게 갈취하다시피 조달해 왔소. 이것이 맹의 입장에서 해가 될 일이오? 오히려 이득이지 않소?"

은봉령주의 입가가 묘하게 비틀렸다.

"남궁세가의 명예로운 소검주께서 금화니 이득이니 운운하는 것을 보니 그야말로 장사치가 다 되었군."

그 한마디에 자존심이 상한 남궁장호가 별안간 강렬한 안광을 빛냈다.

"당신이 아무리 맹령을 대리하는 자라고 하나, 본 세가의 명예를 계속 손가락질한다면 내 결코 참지 않을 것이다."

"흥! 남궁세가가 맹령을 무시하는 것이 어제오늘 일인가!"

꾸르르릉!

은봉령주의 내공 섞인 강력한 일갈에 남궁장호가 주춤 뒤로 물러났다.

자신보다 윗줄에 이른 무인이라는 것을 단숨에 알아본 것이다.

이 모든 과정을 지켜보고 있던 조휘가 마침내 굳게 닫혀 있던 입을 열었다.

"은봉령주님?"

"말하시오."

조휘가 눈짓으로 회의실 문을 가리켰다.

"장사치에게 정사(正邪)의 잣대를 들이미는 괴상한 짓거리 그만하시고 그냥 좋은 말로 할 때 나가세요. 저는 맹의 일원도 아니고 앞으로 일원이 될 생각도 없습니다."

은봉령주가 가면을 고쳐 쓰다 강렬한 기세를 내뿜었다.

"내게는 당신의 그 말이 남궁(南宮)이 오대세가임을 부정하는 것으로 들리는군."

조휘는 짜증이 났다.

"조가대상회는 엄연히 독립된 하나의 상회라고요. 뭔 말만 하면 남궁 남궁 지겹지도 않습니까?"

"아직 철부지로군. 맹령을 거부하는 것이 무슨 의미인지 아직도 모르겠나?"

정파 세력을 자처하는 이상 무림맹의 맹령은 절대적이다.

자칫하다가는 남궁세가와 조가대상회가 이 강호에서 지워질 수도 있었다.

"맹령을 거부하는 그 순간 그대와 남궁은 구파일방과 오대세가의 적이 된다. 그들과의 모든 교류와 지원이 끊길 것이고 명예는 바닥으로 추락하겠지. 만약 맹주께서 결심하신다면 멸문(滅門)의 화(禍)를 입을 수도 있을 터."

그 무서운 말에 조휘의 눈썹이 꿈틀거렸다.

"말 한 번 안 들었다고 멸문? 사람을 죽인다고?"

막강한 기세가 조휘의 전신에서 피어오르자 은봉령주가 기함하며 내공을 끌어올렸다.

"어디 한번 해 봐. 조가대상회의 모든 금력(金力)을 쏟아부어 대적해 주지. 나는 강호 방파가 아니라 철저히 상단의 입장만 취할 거야. 적어도 두 개의 장군부(將軍部)가 나와 함께할 거라고 내 확언(確言)하지. 잘하면 황실도 움직일지 몰라. 안 믿기지?"

"……."

"안휘성의 관(官), 군(軍)이 조가대상회와 어떤 관계를 맺고 있는지 잘 알아봐. 그리고 이미 강서성에서의 입지도 꽤 다졌다고. 아니 이미 알고 있나? 그 잘난 은봉령의 정보력이라면 나에 대해 꽤 많이 파악했을 거 아니야?"

남궁장호와 제갈운이 입을 쩍 하고 벌리고 있었다.

그 대단한 은봉령주에게 저런 협박을 일삼다니!

한편 은봉령주는 조휘의 겁박보다도 그 무공에 더욱 긴장
했다.

'이건!'

분명 느껴지는 것은 의념이다.

이 의념은 절대의 무혼(武魂) 외에는 달리 설명할 길이 없다.

'……혹시?'

흑천련을 방문했던 그 악귀탈 사내가 설마 조가대상회의
회장이라는 조휘, 본인이란 말인가?

그 순간 조휘의 검천전능지체, 그 감각권 내에 기이한 파장
이 감지되었다.

"……어?"

왠지 모를 익숙한 느낌.

분명 어디선가 한 번 느꼈던 고유의 파장이다.

어느덧 조휘의 두 눈이 눈부신 백안으로 물든다.

서서히 주변의 모든 물리학적 정보가 입체감 있게 그의 두
눈 속에 담기기 시작한다.

끈덕지게 은봉령주를 응시하는 조휘.

조휘가 어이없다는 얼굴을 하고 있었다.

"와…… 대박이네?"

틀림없다.

저 특이한 내공의 파동, 이 물리학적 벡터값은 분명 조휘가
경험한 것이었다.

"그게 당신이었어?"

당황한 듯 흘러나오는 은봉령주의 목소리.

"갑자기 무슨……?"

조휘가 천천히 백안을 풀며 익살스럽게 웃었다.

"와, 무림맹 대단하네. 아무리 그래도 그렇지 들통나면 어
떡하려고? 아주 그냥 수하를 지옥으로 보내 버렸어. 하하! 맹
주가 원망스럽지도 않으세요? 암흑천살님?"

24章.

사람이 너무 당황하면 혀가 제대로 굴러가지 않는다.

"우우으……."

무림맹은 흑천련에 세작을 심기 위해 십 년 이상을 준비해
왔다.

철저하게 가장된 인연과 목숨을 담보한 모험 끝에 간신히
'암흑천살'이라는 가공의 인물을 탄생시켰고, 마침내 흑천대
살의 마음을 얻고 그를 속이는 데 성공한 것이다.

그야말로 강호 최대의 비밀.

암흑천살이 은봉령주라는 것이 외부에 알려졌다가는 은봉
령주 개인의 위기를 떠나 맹의 명성과 위신이 땅에 떨어짐은

물론이요, 은봉령이라는 조직 자체의 존망이 위태로워질 것이다.

은봉령주는 도저히 이 현실을 믿을 수가 없었다.

자신이 익히고 있는 이 내공법은 옛 상고시대의 무공이다.

선주일계(선계를 높여 부르는 말)와 대척점에 서 있는 마도천(魔道天)의 여덟 마도가, 그중에서도 적마선가(赤魔仙家)의 비공.

당대의 강호에서 이 무공을 알아보는 자는 결코 존재할 수가 없었다.

대체 눈앞의 조휘라는 자가 누구길래 이 무공을 알아본단 말인가.

대부분의 강호인들은 적마선가라는 존재 자체를 몰랐다.

자신이 이 고대의 무공을 익히고 있는 이유는 마기가 거의 외부에서는 느껴지지 않기 때문이다.

타락한 마선(魔仙)들의 무공이라 해도, 애초에 본질은 선도(仙道)의 공부.

정심한 정파무공을 익힌 자라고 해도, 그 혼탁해진 선기의 본질을 꿰뚫어 보는 것은 거의 불가능에 가까웠다.

"완성도도 꽤 높네? 이거 중원무림의 내공심법이 맞아?"

은봉령주가 내뿜고 있는 기파.

그 물리학적 도식들의 완성도는 참으로 놀라웠다.

조휘가 지금까지 겪어 온 그 어떤 무공보다도 수학적 완성도가 높았던 것.

허나 조휘는 상대의 무공 따위는 아무래도 관심이 없었다.

"가만? 암흑천살인 당신이 은봉령주라면 사·녹연합의 계획을 무림맹도 미리 알고 있었다는 소리잖아? 갑자기 열이 확 올라오네?"

그런 조휘의 말에 호기심을 참지 못한 제갈운이 입을 열었다.

"암흑천살이 누구죠?"

피식 웃으며 대답해 주는 조휘.

"거 그런 거 있잖아요. 무림맹주가 비밀리에 키운 최고의 고수 같은 거. 가장 믿는 수하. 저놈이 흑천련에서 그런 놈입니다."

무림맹에도 그런 존재가 있다.

소문만 무성한 '비천(秘天)'이라는 존재.

한데 저자가, 저 은봉령주가 흑천련의 비천이라고?

분노로 한껏 데워진 제갈운의 강렬한 눈빛이 은봉령주에게 향했다.

"그게 정말 사실입니까? 은봉령주?"

"……."

침묵은 때론 긍정.

제갈운은 조휘의 말이 진실이라는 것을 곧바로 깨달을 수 있었다.

'맹이 흑천련의 일거수일투족, 그 모든 것을 미리 알고 있었음에도 날 남궁세가로 보냈다고?'

쉽게 믿을 수가 없었다.

정파무림은 방대하다.

때문에 모든 일을 공명정대하게 처리할 수는 없을 것이다.

그러나 그렇다고, 맹이 사마외도의 삼패천(三覇天)과 같이 욕망의 화신처럼 구는 집단은 결코 아니었다.

물론 무림맹도 때로는 이(利)를 앞세우기도 한다.

하나 맹은 될 수 있는 한 모든 행사에 명분과 정도를 지키려 노력했다.

견고한 논리와 차가운 이성.

협의(俠義)를 벗어나지 않는 명분.

이와 같은 중심이 무너진다면 그 개성 강한 수많은 문파들이 화합하고 단결할 수가 없는 것이다.

그런데 무림맹이 흑천련의 합비 침공을 알면서도 외면했다?

오히려 '조가대상회'를 맹의 품으로 복속시키기 위해 이런 위기를 활용했다?

만약 이 모든 것이 사실이라면 맹에 대한 존경과 충성심이 남달랐던 제갈운으로서도 결코 좌시할 수 없는 문제였다.

무엇보다 그 원죄는 틀림없이 제갈세가에 있을 터.

맹의 중추적인 전략전술은 모두 총군사 제갈찬휘(諸葛燦輝)와 그 휘하의 군사부(軍師部)에서 나오기 때문이다.

'숙부님······!'

이 모든 것이 정말 숙부님의 뜻이란 말인가?

제갈운은 머릿속이 복잡하고 혼란스러워 토가 나올 지경이었다.

남궁장호의 분노 섞인 외침이 또다시 울려 퍼졌다.

"정도의 화신이라는 맹(盟)이! 감히 난(亂)을 이용해서 본 세가를 핍박하려 들었다는 건가!"

꾸르르릉!

분노가 얼마나 지극한지 지금까지 남궁장호에게서 단 한 번도 경험하지 못한 엄청난 기세가 폭사되고 있었다.

저 엄청난 제왕기(帝王氣)는, 가주와 그 후계들만 익히고 있는 창천대연신공 특유의 강렬한 기세.

조휘마저 깜짝 놀라며 그의 어깨를 붙잡았다.

"잠시만······ 잠시만요."

조휘가 기묘하게 일그러뜨린 얼굴로 은봉령주를 응시한다.

"가만 보니 이제 당신 좆 된 거 같은데? 당신이······ 아니 맹이 한 짓은 첩보 활동의 범주를 넘어섰다고. 이건 정도가 지나쳤잖아? '암흑천살'이라는 위장명이 들통이 난다면 안 그래도 그놈들 지금 나 때문에 한창 열이 받아 있을 텐데 아마 전쟁까지 불사하지 않을까?"

"······."

"와 씨. 입장을 바꿔 생각하니 정말 개소름이 돋는구만. 남

57

궁 형이나 제갈 과장이 맹의 은봉령주라 생각하니 나라도 당장 맹주의 모가지를 따고 싶다고."

그때였다.

스스스스스스.

어둡고도 칙칙한 기운이 사위를 잠식하기 시작한다.

은봉령주의 몸에서 흘러나온 소름 돋는 마기(魔氣).

그 엄청난 살기의 농밀함에 조휘마저 몸이 움츠러들 정도였다.

'의념!'

조휘가 한껏 긴장하며 조가철검을 치켜들었다.

강력한 의념이 느껴지는 마기.

틀림없는 절대의 무혼(武魂)이다.

문제는 검신 어른을 제외한다면 지금까지 자신이 경험한 그 누구보다도 진한 강자의 기세가 느껴진다는 것.

분명 눈앞의 이 사내는, 칠무좌의 '창천검협'보다도, 흑천련의 절대자 '흑천대살'보다도 강하다.

놀라웠다.

은봉령주(銀奉令主).

이 베일에 싸인 인물은 강호에 그 성명조차 제대로 알려지지 않은 자가 아닌가?

그런 자가 강호의 절대자들을 능가하는 무공을 지녔다는 것은 조휘에게도 신선한 충격이었다.

조휘는 이 강렬한 마기의 파장에 담긴 힘이 결코 자신의 아래가 아니라는 것을 본능적으로 깨달았다.

흑천련 대전에서 만났던 암흑천살은 이 정도까지는 아니었다.

천하절대검령을 시전했을 때 그 역시 누워 있었던 터.

그의 모든 것이 위장(僞裝)이자 기만(欺瞞)이었던 것이다.

"모두 회의실 밖으로 나가요!"

어느덧 다시 새하얗게 변한 조휘의 백안!

은봉령주가 내뿜는 살의는 극도로 지독했다.

동귀어진(同歸於盡)을 하더라도 자신의 비밀을 아는 자들을 모두 죽이려는 필살의 의지.

금세 조휘의 철검과 은봉령주의 쇄검이 격렬하게 맞붙었다.

가각! 카카캉!

퍼퍼펑!

단지 몇 번 부딪힌 것뿐임에도 그 충격파와 압력에 의해 회의실의 지붕이 날아가 버렸다.

몇 번 더 새파란 불꽃이 사방으로 번질 때쯤 조휘의 철검에서 강력한 검강(劍罡) 줄기가 솟구쳤다.

눈부시게 타오르는 백색의 검강 줄기.

은봉령주도 묵묵히 쇄검에 자신의 무혼을 생성했다.

소름 돋는 핏빛 강기(罡氣).

남궁장호가 피가 나도록 입술을 깨물었다. 자신의 모든 인생을 바쳐 완성할 전설의 경지가 눈앞에 펼쳐지고 있었다.

조휘는 곧 무심한 눈으로 예의 삼검(三劒)을 출수했다.

저 느릿한 삼검의 엄청난 위력은 지켜보는 남궁장호가 누구보다도 잘 알고 있었다.

세 줄기 백색 검강에 담긴 뛰어난 묘용을 곧바로 알아차린 은봉령주가 천주(天主)에 몸을 우뚝 세웠다.

츠캉! 깡!

검과 쇄검이 맞부딪힐 때마다 또다시 강력한 충격파가 사방으로 비산했다.

충격파의 범위 안에 있던 제갈운과 남궁장호의 피부가 쩍쩍 갈라질 정도.

남궁장호가 칠공(七孔)에 흐르는 핏물을 느끼며 악에 받힌 듯 입술을 깨물었다.

"가자! 우린 방해물이다! 우리 때문에 조 봉공이 천검류를 발휘할 수가 없어!"

무섭게 고개를 끄덕이던 제갈운이 남궁장호와 함께 경공을 시전해서 장내를 빠져나가려고 하자.

츠츠츠츠츠츠.

거대한 악(惡)의 파장이 물살처럼 은봉령주의 몸에서 흘러나왔다.

끈적한 어둠의 물결이 그대로 짓쳐 회의실 전체를 휘감는다.

생전 처음 경험하는 그 엄청난 위용에 남궁장호는 발을 뗄 생각조차 들지 않았다.

"저, 저게 뭐죠?"

이런 것이 무공?

황당하기는 제갈운도 마찬가지.

백안으로 그 광경을 물끄러미 응시하던 조휘도 내심 기겁
했다.

지금까지 자신이 겪어 온 그 모든 무공들은 반드시 어떤 물
리학적인 오류가 존재했다.

하지만 저 어둠의 마기에 담긴 초절한 물리학적 도식들.

뇌리 속을 파고드는 그 모든 정보들이 완전무결(完全無缺)
이었다.

검총의 무공 외에 이런 완벽(完璧)이 존재할 수 있단 말인가?

쿠쿠쿠쿠쿠쿠!

순간, 조휘의 백안 속에 어려 있던 눈부신 백색 광휘가 그
의 몸 전체로 번지기 시작했다.

검총오의(劍塚悟意) 천검류(天劍流).

제팔식(第八式).

천하공공도(天下空空道).

과거 검신 어른이 펼쳤던 자연경의 검초 '천하공공허무검'
의 열화판 초식으로서 현재 조휘가 발휘할 수 있는 천검류 최
강의 검초였다.

<u>츠츠츠츠츠.</u>

은봉령주가 눈을 크게 떴다.

상대가 철검을 곧추세우자마자 새하얀 파동이 짓쳐 옴과 동시에 공간이 한 움큼 사라지는 느낌이 들었던 것이다.

공간이 사라진다?

그것도 자신이 서 있는 이곳?

푸콱!

은봉령주가 멍하니 자신의 손을 쳐다보고 있었다.

검지와 엄지의 둘째 마디 부근부터 아예 손가락이 사라지고 없었다.

급속도로 한 점으로 모이는 공간압착(空間壓搾).

그 소름 돋는 느낌에 전광석화처럼 몸을 내빼지 않았다면 자신은 이미 죽은 목숨이었다.

은봉령주가 묵묵히 지혈을 하며 조휘를 응시한다.

"검신(劍神)?"

그가 그렇게 물으면서도 핏빛 안광을 서서히 갈무리하고 있었다.

절대경의 고수가 안광을 갈무리하는 의미는 단 하나, 전투 의지를 거둔다는 뜻.

이에 조휘가 기묘한 표정을 지어 보였다.

'알아본다고?'

검총지검(劍塚之劍), 즉 검신 어른의 검공은 기백 년 동안 자취를 감췄던 무공이다.

더욱이 검신 어른의 무공 자체가 당시의 강호에서도 그다지 알려지지 않았던 신비.

한데, 은봉령주는 단 일 초의 검초만을 대하고도 검신 어른의 무공이라는 것을 곧바로 알아본 것이다.

그때, 머릿속에서 검신 어른의 목소리가 울려 퍼졌다.

-네 몸을 잠시 쓰겠다.

'예? 제가 충분히 상대할 수 있습니다. 무리하지 마세요.'

-나와 할 말이 있는가 보구나.

하긴 상대는 자신의 무공이 검신의 무공이라는 것을 알아보자마자 전투 의지를 거두었다.

화아아악!

어느덧 조휘의 몸에 빙의한 검신이 두 눈을 게슴츠레 뜨며 은봉령주를 응시했다.

"그래, 적마일가(赤魔一家)로구나."

한 차례 몸을 부르르 떠는 은봉령주.

그는 암흑천살의 정체가 드러났을 때보다 더 동요하고 있었다.

"어, 어떻게?"

검신의 은은한 미소.

"적마선가의 적룡일원공(赤龍一元功)의 기운을 그렇게 줄기줄기 뿜어내면서 어찌 몰라보길 기대하느냐."

"⋯⋯."

검신이 손에 들고 있는 조가철검을 이리저리 살피더니 흡족한 듯 빙그레 웃어 보였다.

"좋은 검이로군."

드르르륵.

곧 그가 의자를 꺼내 자리에 앉더니 눈짓으로 반대편 의자를 가리켰다.

"너도 앉거라. 그 가면도 벗는 게 좋을 것이다."

도대체 이게 무슨?

은봉령주는 갑자시 상대방이 자신을 아이 다루듯 하는 데도 이상하게 화가 나지 않았다.

한 인간의 기질이 이토록 일순간에 바뀔 수가 있단 말인가?

은봉령주가 묵묵히 가면을 벗었다.

드러난 그의 얼굴은 어디에서나 볼 수 있는 흔한 생김새였다.

드르륵.

결국 기이한 본능에 의해 검신의 맞은편에 앉아 버린 은봉령주.

그때 통째로 날아갔던 회의실의 지붕이 서서히 허공을 격하고 날아오고 있었다.

회의실 안에 서서히 그림자가 드리우자 모두의 시선이 하늘을 향했다.

천천히 회의실을 덮어 가는 거대한 지붕.

그 엄청난 광경에 모두가 당혹해하고 있었다. 유일하게 슬며시 웃고 있는 자는 조휘.

아무리 눈치가 없어도 그의 신위(神位)라는 것을 몰라볼 수가 없었다.

쿠쿵!

"볕이 따가웠는데 이제야 살 만하군. 그래 이제 말해 보게."

은봉령주가 의혹의 눈초리를 빛냈다.

"……무슨?"

검신이 그윽한 눈으로 그를 응시하다 슬며시 미소 지었다.

"그럼 내가 먼저 묻지."

검신의 두 눈에 칠채서기의 자연광이 일렁인다.

"그대들은 아직도 천중좌(天中座), 신좌(神座)를 모시고 있는가?"

신좌(神座)!

그 단어가 검신의 입에서 흘러나온 그 순간, 갑자기 은봉령주가 전신을 부르르 떨더니 의자를 내팽개치며 바닥에 부복했다.

식은땀까지 뻘뻘 흘리는 것이, 그 눈빛 또한 두려움으로 가득하여 극도로 경원(敬遠)하는 태가 역력하다.

검신과 감각을 공유하고 있는 조휘는 은봉령주의 그런 모습을 바라보며 황당한 마음이 들었다.

대체 얼마나 두렵길래 단지 그 '이름'을 들은 것만으로도 몸을 엎드릴 수 있단 말인가?

검신이 씁쓸하게 웃어 보였다.

"굳이 대답을 들을 필요도 없겠군."

신좌(神座).

무림 역사에 신의 휘호로 추앙받던 삼신(三神)의 위대함마저 초라하게 만드는 그 이름.

그에게 있어서 강호무림이란 혼세일계(混世日界, 인간계를 높이 칭하는 말)의 일부분일 뿐.

인간 중에서 신좌의 의중을 아는 자는 존재하지 않았다.

주시하는 자, 혹은 유람하는 자, 유희하는 자, 결정하는 자, 이끄는 자, 파괴하는 자.

신좌를 형용하는 문장은 너무 많아서 오히려 그 실체가 한없이 모호했다.

검신으로서도 그 희미한 흔적을 간접적으로만 접해 봤을 뿐, 신좌와 그 추종자들의 진정한 실체를 자세히 알지는 못했다.

확실한 것은 타락한 선인 무리인 마도천이 신좌를 추종하는 세력이라는 것.

"어떻게 검신의 후인(後人)이?"

고개를 치켜들어 검신을 바라보는 은봉령주.

그의 두 눈에는 온갖 혼란스러운 의문들이 가득 담겨 있었다.

검신.

감히 홀로 존귀하고 오롯하신 신좌를 대적한 유일무이한

인간.

마도천의 역사에 따르면 그는 분명히 처참하게 죽었다고
기록되어 있었다.

역사서에서 본 검신은 도저히 믿을 수 없는 인간이었다.

선도(仙道)의 공부를 몸에 담지 않은 인간이 자연경을 이
룩한 것만으로도 놀라웠다.

그 엄청난 무위로 마도천 전력의 절반을 홀로 분쇄한 자.

역사상 선인(仙人)과 맞서 싸운 유일무이한 인간.

신좌의 귀동(貴童)들과도 동수를 이뤘던 자.

허나 그는 용마가(龍魔家)의 역천해일(逆天海日)의 비술
에 의해 육신이 산산조각 분해되어 영욕의 삶을 마감했다.

그 후로 마도천은 검신의 존재 자체를 무림에서 완전히 소
멸시켰다.

그가 평생을 일궈 온 무공, 그가 남긴 인연들, 강호에 남겨
진 그의 발자취 등을 철저하게 세상에서 지워 버린 것이다.

신좌를 반하는 것은 역천(逆天).

다시는 그처럼 신좌를 부정하는 인간이 출현해서는 안 되
었다.

그러나 검신의 위대한 검공은 마도천 내에서도 신화처럼
남아 있었다.

때문에 용마가를 비롯한 몇몇 마가들이 그의 검공을 수백
년 동안 분석하고 재해석했다.

하지만 그 긴 세월 동안 검신의 검공에 파고들고도 파훼식을 완성할 수가 없었다.

특히나 검신의 검공에 담긴 공공력(空空力)은 도무지 그 묘용을 파악할 수 없는 미지(未知)이자 불가해(不可解)의 영역.

한데 그 두려운 검신의 공공력이 눈앞에 현신한 것이다.

공간을 소멸시키는 검.

자신이 속한 적마선가의 역사서에서도 검신의 검에 담긴 공공력에 대한 경외심은 지극했다.

"놀랍지 않느냐. 하늘이 정한 인과율은 이래서 무서운 것이다. 아무리 네놈들이 지우려 들어도 하늘의 뜻은 막을 수가 없겠지. 신좌라······."

검신의 두 눈 속에 담긴 지고의 현기가 순간 아득해졌다.

"이번에는 또 무엇 때문에 세상에 나온 것이냐? 유희? 그것도 아니라면 또 알량한 주시(注視)인 것이냐?"

"······."

은봉령주가 침묵하자 검신은 묵묵히 고개를 끄덕였다.

"그래, 여전하구나. 우리 사이에 그 무슨 말이 필요한가. 인과(因果)의 소용돌이가 돌고 돌아 이렇게 너와 내가 만난 것은 단 하나의 업(業)으로부터 비롯된 것임을."

검신의 두 눈에서 칠채서기가 흘러나오자 그의 조가철검이 측량할 수 없는 거대한 파장을 일으키며 이내 공간의 한 점(點)으로 모였다.

"살계를 용서하게."

푸슛!

가벼운 바람 소리와 함께 은봉령주가 자리하고 있던 공간이 사라졌다.

멍하니 입을 벌리고 있는 남궁장호와 제갈운.

음파를 차단했는지 조휘가 은봉령주와 나눈 대화의 내용을 들을 수는 없었다.

그저 회의실 바닥에 생겨난 반원 모양의 구덩이만 멍하니 쳐다볼 뿐.

엄청난 기도를 뿜어내던 절대경의 고수, 그 은봉령주가 구덩이 속 핏물이 되어 있었다.

두 눈으로 빠짐없이 지켜보았음에도 도저히 믿을 수가 없었다.

이런 강호의 기사(奇事)는 어디서 듣지도 보지도 못했다.

그들에게 이런 건 강호(江湖)가 아니었다.

조휘는 일행에게 가타부타 설명 없이 그 모든 일들을 그저 강호의 숨겨진 이면(異面)이라 일축했다.

사실 조휘로서도 일전에 한 번 조조 어른에게 '그들'이라는 언질을 받긴 했지만 그 실체를 직접적으로 접한 것은 이번이 처음이었기 때문이다.

이로써 확실한 것은 조휘가 '그들'의 이목을 끌고 있는 존재라는 것이었다.

조휘는 그들의 역량이 맹(盟)과 련(聯)을 암중으로 조종할 정도라는 것이 놀라웠다.

현대의 '프리메이슨'과 '일루미나티'처럼 세계를 암중으로 지배하는 자들이 있다는 음모론을 그다지 신봉하는 편은 아니었지만 이처럼 직접 겪고 나니 시야가 완전히 달라졌다.

신좌(神座)는 누구일까?

과연 신일까?

정말로 신이 존재한단 말인가?

온갖 의문이 꼬리를 물었지만 조휘는 금세 피식하고 웃고 말았다.

어차피 답도 없는 문제에 매달려 봐야 머리만 복잡할 뿐이었다.

장사꾼에 불과한 자신이 어째서 '그들'의 관심을 받는지는 아직 모르지만 어차피 모난 정이 되었다면 맞아 주면 그만이다.

자신에게는 누구보다 냉철한 조조 어른이 있고, 현명함 그 자체인 만상조 어른이 있다. 무엇보다 위대한 검신 어른과 함께한다.

그리고 나 조휘.

이 강호에서 현대인의 이성이 얼마나 큰 위력을 발휘하는

지 지난 수년간 뼈저리게 실감했다.

'그들'이나 '사마'도 언젠가는 맞부딪칠 테지만 결코 속수무책으로 당하진 않을 것이다.

우선 강서를 먹어 치워 조가대상회의 덩치를 키운다.

상회(商會)라는 이름으로 본래의 실력을 감추고, 그 누구도 얕잡아 볼 수 없는 거대한 세력을 일궈 낼 것이다.

자신은 역사 속의 위인들과 현대의 실력자들이 어떻게 세상을 먹어 치우는지 모두 배워 알고 있었다.

조휘의 그런 강렬한 다짐과 기세를 느꼈는지 남궁장호의 눈빛은 더욱 침잠하고 있었다.

이제는 저 조휘가 두려울 지경이었다.

감히 추측할 수도 없는 무공도 물론이거니와 그 심계와 전략이 나날이 깊어 가고 있었다.

삼패천의 일천인 흑천련이 조휘 단 한 명에게 분쇄되는 그 모든 과정을 곁에서 빠짐없이 지켜본 마당.

도저히 같은 인간이라고는 생각할 수 없을 정도다.

이 사내와 적이 된다면 과연 어떤 일이 벌어질까.

남궁세가가 조가대상회와 맞잡은 손을 놓는다면 무슨 일이 일어날까.

남궁장호는 생각만으로도 오한이 치밀었다.

그때, 염상록을 선두로 장일룡과 진가희, 한설현이 회의실로 들어서고 있었다.

염상록의 얼굴에 호기심이 어렸다.

"음? 이게 다 무슨 일이야? 천장은 왜 저런 거요?"

은봉령주와의 공방으로 아수라장이 되어 버린 회의실.

그때 장일룡이 기겁을 하며 뒷걸음질 쳤다.

"으악!"

조각이라도 한 듯 반듯하게 반원 모양으로 파인 바닥 안에
소름 돋는 핏물이 그득하다.

장일룡이 신발에 묻은 피를 연신 털며 소리친다.

"싯펄! 이 핏물은 또 뭐여?"

갑자기 진가희가 상기된 얼굴로 쪼그려 앉는다.

이내 손가락에 피를 찍어 맛을 음미(?)하는 진가희.

"피(血)에 양기가 실하네? 사십 대를 넘은 사내죠? 죽었나요?"

뼈가 보일 듯한 창백한 얼굴로 입가에 피를 칠한 채 활짝
웃고 있는 그녀의 모습은 실로 소름 돋기 그지없었다.

염상록이 부르르 몸을 떨었다.

"와 씨 이 창백하고 탐욕스러운 년. 이 와중에 또 그걸 욕심
내냐?"

독편살왕의 심법인 혈사심천공(血蛇心泉功)은 흡정과 흡
혈을 기반으로 하는 내공심법이다.

"아니 딱 봐도 사람 피잖아요. 아직 김이 모락모락 하니 당
연히 맛보고 싶은 게 정상 아니에요? 그런데 시체는 어디에?"

초롱초롱.

저 커다란 눈망울이 마치 순정만화의 여주인공 같다.

조휘는 자신을 바라보는 그런 그녀의 시선을 애써 외면했다.

어휴 저 드라큘라 같은 년.

자신에게 받은 금화로 그 비싼 웅혈(熊血)을 모조리 살 때부터 알아봤다.

진가희는 지붕 위에서 정찰(?)하는 시간 외에는 무조건 자신의 방에서 웅혈을 섭식(攝食)하고 운기조식하는 데 몰두했다.

조휘는 월음(月陰)이 차오를 때까지 철저하게 계획된 시간표대로 피를 마시고 운기조식을 반복하는 그녀를 보면서 내공을 향한 그녀의 집착이 보통이 아님을 곧바로 알아차릴 수 있었다.

한데 그때, 진가희가 눈을 새하얗게 뒤집으며 몸을 부들부들 떨고 있었다.

곧이어 그녀의 전신이 천장을 향해 활대처럼 휘어졌다.

염상록이 기겁을 했다.

"으악! 저 소름 돋는 년! 피 맛 좀 보더니 갑자기 부들부들 쾌감 느끼는 거 좀 보소? 뭔데? 갑자기 왜 그러는 건데?"

아직도 열락이 그치지 않은 듯 연신 황홀한 미소가 그녀의 입가에서 번들거렸다.

점점 '그 느낌'에서 헤어 나오는 진가희.

그녀의 떨리는 음성이 이내 조휘에게 향한다.

"이, 이런 강력한 정기가 담긴 피는 처음이야! 이 피 누구의 것이죠? 이자의 경지는 설마 화경?"

바로 저거다!

이래서 그 사악한 흑천련조차 독편살왕과 진가희에게 인간의 피를 마시는 것을 허락하지 않았었다.

혈사심천공을 익힌 자들은 고수의 피에 지독히도 환장했다.

경지가 높은 무인의 피일수록 그 피에 담긴 정기와 기력이 남달랐기 때문.

조휘가 퉁명스럽게 대답했다.

"아마 절대경일 건데."

"저, 저, 절대경!"

경악의 얼굴로 굳어 버린 진가희!

어쩐지 손가락으로 한 번 찍어 맛본 것만으로도 내부가 후끈하더라니!

진가희가 곧바로 피 웅덩이에 얼굴을 처박았다.

찰박!

"에이 씨."

"우웩!"

못 볼 걸 봤다는 듯 모두 인상을 찌푸리며 그 장면을 외면하자 조휘도 자리를 털고 일어났다.

드르르륵.

"어차피 점심도 먹어야 하니 객잔으로 자리를 옮기죠."

창백해진 얼굴로 연신 구역질하며 비틀거리던 제갈운이

말했다.

"우웩! 빠, 빨리 가시죠!"

진가희를 제외한 일행들 모두 근처의 조가객잔으로 자리를 옮겼다.

조휘를 발견한 객잔의 점주가 버선발로 뛰어나와 맞이했지만 그런 호들갑은 조휘가 바라는 영업 태도가 아니었다.

"영업시간 내에는 객잔을 드나드는 모든 사람들에게 그저 손님의 예우만 하시면 됩니다. 저도 예외가 될 수 없습니다. 지금은 감사하는 자리가 아니니까요."

"아, 알겠습니다. 회장…… 아니 손님!"

이어 장일룡이 이것저것 맛있는 요리를 주문하려다 단숨에 조휘에게 제지당했다.

"소면 여섯 그릇! 한빙주 세 병! 끝!"

대식가인 장일룡이 쩝 하고 입맛을 다셨다.

소면을 향한 조휘의 집착에 의해 언젠가부터 점심은 늘 소면으로 통일이었다.

그나마 한빙주를 시켜 준 것이 어딘가.

조휘가 그렇게 주문을 하고서는 곧바로 한설현을 응시했다.

"새로 산 면사가 마음에 드는군요. 절대로 벗지 마시길 당부드립니다."

"알겠어요."

"그래요. 제가 생각한 동선을 확인해 보셨나요? 소화할 수

75

있겠습니까?"

한설현의 빙공 실력은 의심할 여지 없이 출중했지만 그녀
에게도 한계란 것이 있을 터.

적어도 이틀에 한 번씩은 포양호 전체를 두루 돌며 각 사업
장의 소빙고(小氷庫)에 얼음을 채워 넣어야 되는데, 그녀의
내공이 어느 정도까지 감당할 수 있는지를 조휘로서도 알 수
없었던 것이다.

"장 과장님과 서른두 곳 모두 방문하고 오는 길이에요. 무
리예요. 절반도 못할 거예요."

"……절반?"

이러면 계획이 틀어진다.

대석빙고를 다시 계획에 포함시킬 수는 없었다.

이미 한설현만 철석같이 믿고 모든 자금을 빡빡하게 배치
한 상태.

결국 남은 방법은 조휘가 어설프게 배운 빙공으로 그녀의
보조를 맞추는 것뿐이었다.

"참으로 아쉽군요."

조가대상회의 회장인 자신이 반드시 이틀에 한 번씩 얼음
의 생산을 도와야 하는 상황.

이렇게 되면 많은 계획들의 수정이 불가피해진다.

"저는 오라버니처럼 천빙령을 복용하지 못했어요."

제갈운이 뭔가 생각난 듯 고개를 갸웃거리고 있었다.

"천빙령(天氷靈)? 천빙령이라. 천빙령……."

기억이 날 듯 말 듯 간지러워 연신 답답해하던 그가 곧 눈을 크게 떴다.

"생각났다! 그거 당가에 많습니다!"

조휘도 고개를 갸웃거렸다.

"당가(唐家)? 사천당가를 말씀하시는 겁니까?"

"네. 새외대전 당시 북해의 많은 기물들이 무림맹의 전리품으로 들어왔죠. 그중 천빙령이 있었죠."

"그런데 왜 당가에?"

"독의 연구에 절대적으로 필요하다고 들었어요. 맹은 천빙령의 전량을 당가에 반출해 주었죠. 아마 맹과 모종의 합의가 있었을 거예요."

"음……."

한 차례 깊게 생각하던 조휘가 다시 한설현을 응시했다.

"천빙령만 복용하면 포양호의 사업장들을 홀로 다 돌 수 있는 겁니까?"

"충분히요."

묵묵히 고개를 끄덕이는 조휘.

"일단 알겠습니다."

그때였다.

"으아아아아아아악!"

"사, 사람 살려!"

연신 쾌락에 부르르 몸을 떨며 비틀비틀 걸어오는 진가희.

그녀가 피칠갑을 한 얼굴로 머리를 쓸어 올리며 혀를 날름 거렸다.

"후아…… 시체는 어딨죠?"

◆ ◈ ◆

드디어 운용되고 있는 남창의 주괴공방 현장.

조휘는 흙으로 빚어낸 수십 개의 거대한 화로(火爐)들을 바라보며 진한 아쉬움에 입맛을 다시고 있었다.

현대인의 시선으로 볼 때 이 시대의 기술이란 것은 너무도 조잡했다.

강철(鋼鐵)을 얻기 위한 저 험난한 공정을 보라.

사람의 키만큼 진흙으로 높게 쌓아 올린 화로.

그 내부에 숯과 함께 철광 원석을 섞어 넣어 하루 종일 쉼 없이 발풍차로 발을 굴려야 고작 다섯 냥의 강철을 얻을 수 있었다.

이 넓은 공방터에 그런 화로들이 약 칠십여 개.

그 엄청난 노가다를 하고도 하루에 생산할 수 있는 강철의 양은 고작 이십 근(12kg).

부피로 따지면 정말 얼마 되지도 않았다.

한 서너 주먹?

이 넓은 공방터를 활용하고, 약 이백오십 명의 일꾼들이 교대로 발풍차를 굴려서 얻은 양이 고작 그 정도밖에 되지 않으니, 조휘의 마음이 착잡한 것은 어쩌면 당연한 것이었다.

거대한 용광로에서 쇳물이 쏟아져 나오는 장면을 일상처럼 TV에서 본 마당에 얼마나 가슴이 답답하겠는가.

그래서 이 중원에서는 철로 만들어진 무기, 농기구, 장신구 등이 아직도 고가(高價)에 거래되는 것이다.

그것도 중원 일꾼들의 품삯이 비상식적으로 저렴하다는 것을 감안한다면 실로 싼 가격이었다.

만약 이와 같은 공정에 현대의 인건비를 적용한다?

조휘는 주괴의 가격이 얼마나 치솟을지 상상만으로도 끔찍했다.

그때, 주괴공방의 일꾼들이 주섬주섬 망치를 들자 조휘는 보기도 싫다는 듯 그 모습을 외면해 버렸다.

"제길."

주괴공방의 공정을 지켜볼 때 가장 화가 나는 장면.

일꾼들은 매일매일 아침마다 저 칠십여 개의 화로들을 모두 부쉈다.

천 도 이상의 고온으로 밤새도록 가열된 점토 화로들은 이미 도자기화되어 다시 쓸 수가 없었다.

일꾼들은 또다시 소하천의 점토를 공방까지 퍼 날라야 했고, 그 점토를 또 사람의 키만큼 높게 쌓아 올린 후 그 속에 숯과 철광석을 채우고 발풍차로 불을 지핀다.

이 과정만 반나절이 소요된다.

조휘는 그 비효율적인 장면에 정말 화가 날 지경이었다.

이 속도라면 주상 복합 아파트 단지를 하나 완성하는 데 수십 년이 걸릴지도 몰랐다.

일주일 동안 강철주괴를 생산해 봐야 H빔 하나 만들면 끝이었다.

현대의 용광로를 운용할 수는 없을까?

숯을 열원(熱源)으로 하는 이상 그것은 불가능했다.

'석탄이라도 캐야 하나?'

가격이 비싸 모조리 부자와 귀족들의 아궁이로 들어가는 것이 문제지만 간혹 저자에 석탄(石炭)이 출몰하긴 했다.

아직 채광·채탄 기술이 형편없는 중원의 기술로는 지표면에 광맥이 거의 드러나 있는 노천 광산을 제외하고는 석탄을 캘 수 있는 곳이 없었다.

곡괭이질을 하다가 약한 암반층이라도 만나는 날에는 그 탄광은 폐광이나 다름없는 것이다.

광산을 개발하려면 폭약은 필수.

인력으로 되는 일이 아니다.

한데 그때.

'아?'

조휘의 머릿속에 전광석화처럼 뭔가가 스쳐 지나갔다.

'굳이 폭약이 필요하나?'

이 중원 강호에는 일권일장(一拳一掌)으로 바위를 가루로 만들 수 있는 고수가 부지기수로 많지 않은가?

소림사 비전이라는 백보신권(百步神拳)이나 아라한신권(阿羅漢神拳)의 위용, 그 소문이 사실이라면 폭탄은 필요도 없었다.

그 무식한 땡중들을 고용만 할 수 있다면 광맥 하나 뒤집어 엎는 것은 일도 아닐 터.

대표적인 화석 연료인 석탄을 대량으로 채광할 수 있다면 용광로(鎔鑛爐)의 꿈은 더 이상 꿈이 아니었다.

한데 무슨 수로?

고고하기가 남궁세가를 능가하는 소림사다.

천하공부출소림(天下功夫出少林)이란 말은 괜히 나온 말이 아니다.

검신 어른 역시 소림의 숨겨진 실력은 드러난 것의 수배 이상이라 했다.

그렇게 강호에 이름 높은 무승들을 고작 광산의 인부로 내 달라고 한다?

그 말을 꺼내는 즉시 은거하고 있던 활불(活佛)들이 뛰쳐 나와 선장(禪杖)으로 자신의 뚝배기를 깨 버릴 수도 있었다.

당장 공공대사(空空大師)만 해도 무림맹의 무황 청운진인(淸雲眞人), 화산의 자하검성(紫霞劍聖)과 더불어 칠무좌의 최정상.

검신 어른은 아직 자신의 경지가 칠무좌의 최상위권 고수들에는 미치지 못한다고 했다.

"흠⋯⋯."

또다시 아쉬움에 입맛을 다시는 조휘에게로 장일룡이 다가오고 있었다.

"형님 그 근육 놈이 또 왔수!"

지금 누가 누구보고 근육 놈이라 하는 거지?

조휘가 한 차례 인상을 찡그리더니 입을 열었다.

"누구를 말하는 겁니까?"

"거 일전에 나와 팔씨름을 했던 하북 놈 있잖수? 이번에도 또 합빈관에서 퇴짜를 맞은 일로 따지려고 온 것 같은데."

"아⋯⋯."

무극도왕의 맏아들 신도왕 팽각.

그는 합빈관의 엄격한 물관리로 인해 이미 몇 번이나 퇴짜를 맞은 상태다.

그 대사건(?)이 이미 강호에 소문이 파다할 정도.

그때마다 그는 꼭지가 돌아서 조가대상회를 찾아와 행패를 부렸었다.

하지만 어쩔 수가 없었다.

호구는 입장시키는 것이 관례라지만 아무리 그래도 어느 정도는 되어야 할 것 아닌가?

본인에게는 미안한 말이지만 솔직히 너무 못생겼다. 현대에서도 그 정도로 빻은 놈은 정말이지 드물었다.

그렇지 않아도 합빈관의 엄격한 물관리로 인해 고관대작의 자제들까지 원성이 자자한 마당.

팽각과 같이 눈에 띌 정도로 못생긴 놈을 입장시켜 버리면 개나 소나 다 입장시켜 달라고 아우성을 칠 것이 틀림없었다.

"아 그 새끼 거참. 머리 아프게 하네."

하북에서 안휘까지 거리가 얼만가?

평범한 장정이 걸어오려면 한 달은 걸리는 거리다.

게다가 따지려고 이곳 포양호까지 찾아오다니.

실로 그 열정만큼은 인정하는 바지만 여간 성가신 게 아니었다.

그렇다고 또 오대세가의 소가주란 놈에게 면박을 줄 수는 없는 노릇.

"그놈 지금 어디 있는데요?"

"조가객잔에 있수."

조가객잔?

지금 그곳에는 각 점포별 소빙고에 얼음을 채워 넣기 위해 준비하고 있는 한설현이 있지 않은가?

왠지 불길한 예감이 엄습한 조휘가 발걸음을 재촉했다.

"빨리 가 보죠."

◆ ◇ ◆

아니나 다를까.

한설현의 고아한 자태에 눈이 하트로 변한 팽각이 연신 개수작을 부리고 있었다.

"커험! 흠! 험!"

소매를 걷어 올려 팔뚝을 드러내고는 연신 이런저런 포즈를 취하고 있는 팽각.

괜히 헛기침을 하며 딴청을 피우는 듯 연기를 하고 있었지만 사내다움을 뽐내려는 기색이 역력했다.

"후우! 역시 강남은 강남이라 이건가? 커흠!"

장강 이남 포양호의 습하고도 더운 날씨는 물론 인정하는 바이지만 그래도 웃통을 깔 정도는 아니지 않나?

훌러덩!

꿈틀꿈틀.

엄청나게 발달된 근육과 뱀처럼 꿈틀거리는 핏줄로 가득한 팽각의 상체가 드러나자 한설현이 두 손으로 눈을 가렸다.

"어맛!"

그제야 흡족한 듯 득의양양한 미소를 짓고 있는 팽각.

조휘가 설레설레 고개를 저었다.

어휴 진짜 개 더럽다.

웃으니까 더 못생겨지네.

그렇게 싯누런 이를 드러낸 팽각이 이제 무복 하의마저 걷어 올려 허벅지를 드러낼 그때.

"그쯤하시죠?"

화들짝 놀라며 자세를 고쳐 잡던 팽각이 조휘가 허리에 차고 있는 조가철검을 발견하더니 와락 인상을 구겼다.

"흥! 결국 네놈도 별수 없는 검(劍)이로군!"

곧 팽각이 등에 차고 있는 거대한 묵도(墨刀)를 꺼내 탁자 위에 올려놓더니 코웃음을 쳤다.

"그런 이쑤시개가 아니라 이것이 남자의 무기다."

이번에도 그는 연신 한설현을 힐긋거리며 자신의 사내다움을 어필하고 있었다.

가늘게 한숨을 쉬는 조휘.

"후…… 근육과 무기 자랑하려고 그 먼 길을 온 겁니까."

팽각의 아차! 하는 얼굴.

그가 마침내 본래의 목적을 떠올려 냈다.

"감히 대하북팽가의 소가주인 이 팽각님을 계속 거부할 것이냐! 당장 나의 출입을 허하라! 거부한다면 이번에야말로 네놈의 합빈관을 날려 버리겠다!"

분명 잡아먹을 듯한 말투, 사내다움 그 자체였지만 이상하게도 그의 두 눈에는 물기가 그득 어려 있었다.

제발 나도 들어가고 싶다고!

나도 여인들이랑 놀고 싶다고!

'아니, 이 새끼가? 눈이 말을 하네?'

그런 아싸의 한(恨)을 느꼈을까.

조휘가 오싹한 느낌에 몸을 부르르 떨었다.

장일룡이 끼어들며 말했다.

"안 돼. 돌아가."

"왜! 난 왜 안 되는 건데!"

장일룡의 기세가 합빈관의 문지기로 완벽히 돌아와 있었다.

그 어떤 감정의 동요도 느껴지지 않는 완벽한 무의미만을
그리고 있는 장일룡의 표정.

"못생겼으니까."

아아!

이렇게 대놓고는 처음 듣는다.

내 어머님도 슬며시 고개를 돌리며 남자답게'는' 생겼다며
슬픈 눈을 하시건만!

감히 네까짓 게!

지도 근육뿐인 놈이!

아 시발 갑자기 왜 눈앞에 물안개가.

팽각이 갑자기 진각을 후려 밟았다.

콰쾅!

"놈! 승부다!"

조휘가 점소이를 부른다.

"청아(靑兒)야."

"예! 예 회장님! 갑니다요!"

청아가 와서 정중하게 예를 갖추자 조휘가 객잔의 바닥을 눈짓했다.

"자활목(自活木) 세 개 부러졌다. 앞으로도 뭔가 더 부서질지 모르니 빠짐없이 저분에게 청구하도록 해라."

"예! 회장님!"

부들부들.

팽각이 거칠게 달려가 조휘의 멱살을 잡으려는 찰나.

"그만하세요. 다른 분들께서 식사하시잖아요."

밥을 먹다 말고 기겁을 하며 객잔의 바깥으로 나가려던 사람들이 일제히 한설현을 쳐다봤다.

객잔의 바닥에 어지럽게 널브러진 식기들을 정갈한 몸짓으로 줍고 있는 한설현.

앞으로 계속 쏠려서 불편했는지 그녀가 잠시 면사 자락을 어깨 위로 걸치자 대번에 객잔이 후끈해졌다.

"아아아아! 저럴 수가!"

"가, 가인! 절세가인(絕世佳人)!"

"세상에!"

모두가 그녀의 파천의 미모 앞에 무릎을 꿇을 지경이 됐다.

그것은 팔팔한 청춘, 피 끓는 사내 팽각에게도 예외가 아니었다.

"소, 소저……!"

팽각은 도(刀)를 휘두를 때를 제외하고도 자신이 이렇게 가슴이 뛸 수 있다는 것을 처음으로 깨닫게 되었다.

바라보는 것조차 부끄러워 눈을 제대로 가눌 수가 없었다.

여신이 있다면 저런 모습일까?

"하아. 면사 관리 좀 제대로 해 달라고 그만큼 부탁했잖습니까."

"아아, 죄송해요."

조휘의 나무람에 황급히 다시 제대로 면사를 고쳐 쓰는 한설현.

순간 승부도 잊고서 벼락같이 다가온 팽각이 정중하게 한설현을 향해 포권했다.

"오대세가의 북천(北天), 팽가의 현무소공자(玄武小公子)이 팽 모가 정중하게 인사 올리겠소! 소저의 방명(芳名)을 알 수 있겠소?"

조휘의 두 눈이 이채를 머금었다.

평소에는 허술하고 장난스럽기 짝이 없는 사내였지만 그래도 명색이 명가라고 제법 예법이 튼실했던 것.

그때 장일룡도 번개처럼 다가와 팽각과 한설현의 사이를 막았다.

"아앗! 비켜라 놈!"

팽각은 조금이라도 한설현을 보겠다는 듯 연신 이리저리 시선을 돌려 보고 있었지만 워낙에 장일룡의 덩치가 큰 탓에

쉽지가 않았다.

"어허! 이 시꺼먼 놈이 어디 우리 한 소저를 넘보는 게냐! 썩 꺼지거라!"

장일룡이 코웃음 쳤다.

"흥! 언감생심 꿈도 꾸지 말거라. 감히 방명이라니!"

그런데.

"북해 설풍 한씨(雪風寒氏) 십칠 대손, 제 빙가지명(氷家之名)은 설현(雪賢)이에요."

서, 설풍 한씨?

이 강호에 설풍 한씨라고는 무림의 숙적, 북해의 빙궁 외에는 어디에도 존재하지 않았다.

"······비, 빙궁?"

안 그래도 못생긴 얼굴이 참혹하게 구겨지니 마치 야차 같다.

팽각이 도저히 현실을 인정하기 싫다는 듯 거칠게 고개를 도리질하며 심장을 움켜쥐었다.

"크으흑! 사랑은 잔인하다더니!"

곧 모든 원망이 장일룡에게 향했다.

"놈! 승부다! 사나이라면 싸움을 피하진 않겠지!"

"오냐! 어디 한번 죽어 봐라!"

"내가 할 소릴! 너 따위 놈에게는 도(刀)도 필요 없다! 장법으로 상대해 주마!"

"이 새끼가!"

장일룡이 호쾌하게 주먹을 내지르려는 그때 조휘가 이를 제지했다.

"잠깐, 잠깐만요."

호기심으로 가득한 얼굴로 자신을 바라보는 조휘를 향해 팽각이 이를 깨물었다.

"뭐냐!"

"장법? 팽가에 권장법도 있습니까?"

팽각이 뭐 이런 놈이 다 있냐는 듯 조휘를 쳐다본다.

"감히 강호인을 자처하는 놈이 본 가의 혼원벽력장도 들어 보지 못했단 거냐?"

"혼원벽력장(混元霹靂掌)?"

그 엄청난 초식명에 조휘의 얼굴에 더욱 호기심이 어렸다.

"백보신권이나 아라한신권보다도 셉니까?"

팽각의 이마에 거칠게 힘줄이 돋아나며 꿈틀거렸다.

"흥! 소림의 권장법이 아무리 뛰어난 절기라고 해도 본 가의 혼원벽력장 역시 그 못지않다!"

조휘의 얼굴에 띤 미소가 점점 음흉하게 변해 갔다.

"혹, 저와 승부하시겠습니까?"

"승부?"

"아아, 내기 승부라고 해 두죠."

팽각의 표정이 기이하게 일그러졌다.

꼴에 검 하나 찼다고 저런 비리비리한 몸으로 지금 이 팽각을 물로 보는 건가?

"종목은?"

조휘가 팔을 돌리며 씨익 웃었다.

"팔씨름이요."

"팔씨름?"

저 연약한 팔로 감히 팔씨름?

"제가 지면 합빈관 무제한 입장권을 드리죠."

"뭐, 뭣이!"

"반대로 제가 이기면."

조휘가 씨익 웃었다.

"저와 근로계약서 하나 쓰시면 됩니다."

팽각의 머릿속에 조휘의 이미지는 '학사'였다.

소룡대연회 문예지론의 우승자.

저 연약한 몸으로 보나 사내답지 못한 말투로 보나 서생 나부랭이가 확실했다.

꼴에 남궁세가의 빈객이랍시고 검을 차고는 있었지만 제 깟 놈이 무공을 익혀 봐야 얼마나 익혔겠는가?

저런 비실비실한 놈과의 승부?

상대하기조차 수치스럽다.

하지만 '합빈관 무제한 입장권'이라니?

그것만은 결코 놓칠 수가 없다.

팽각의 얼굴이 서서히 탐욕의 빛으로 번들거린다.

"한 입으로 두말하진 않겠지?"

"오히려 내 쪽에서 당부하고 싶은 말이군요. 근로계약이 무슨 뜻인지는 아시죠?"

"흥! 남아일언(男兒一言)!"

"중천금(重千金)!"

코웃음을 치던 팽각이 탁자에 앉아 자세를 잡자 조휘도 슬며시 웃으며 자리에 앉았다.

싸움 구경이 가장 재밌는 법.

갑작스런 팔씨름 승부에 객잔 손님들의 얼굴에는 하나같이 뜨거운 혈색이 돌았다.

"내공 없이?"

조휘가 탁자 위로 팔을 올리며 퉁명스럽게 말했다.

"전 아무래도 상관없습니다. 편한 대로 하시죠."

팽각의 얼굴에 쾌재가 어렸다.

자신이 질 리가 없었지만 그래도 내기가 걸린 승부다.

승기를 확실하게 가져가려면 모든 변수를 없애야 하는 법.

"그래? 그럼 내공은 없이!"

이제야 팽각은 승리를 확신했다.

내 팔뚝의 삼분지 일도 안 되는 얇디얇은 저 팔로 무슨! 낄낄낄!

팔씨름은 힘도 힘이지만 일단 기세 싸움이 중요하다.

팽각이 죽일 듯이 부릅뜬 눈으로 매섭게 조휘를 노려보며 그의 팔을 맞잡는다.

어?

단지 손을 마주 잡았을 뿐인데 뭔 차돌을 만지는 것같이 단단하다.

그런 기이하고도 불길한 감각에 팽각의 등줄기가 점점 축축하게 젖어 갔다.

"내, 내공을 안 쓴 것이 맞나?"

"알면서 왜 그러실까요?"

무인이 조금이라도 내공을 일으키면 안구(眼球)에 기광(氣光)부터 발현된다.

분명 조휘의 눈에는 그 어떤 기광도 일렁이지 않았다.

당황해하는 기색이 역력한 팽각.

조휘는 애써 웃음을 참느라 죽을 지경이었다.

"자, 시작할까요?"

왠지 모를 심상치 않은 느낌에 팽각이 젖 먹던 힘까지 끌어올려 조휘의 팔을 재낀다.

허나.

모든 물리학적 벡터값을 시전할 수 있는 검천전능지체.

조휘는 곧바로 벡터값의 마찰계수(摩擦係數)를 무한대에 가깝게 맞추었다.

"……흡!"

땀이 비 오듯이 쏟아진다.

팽각은 천년거암처럼 굳건해진 조휘의 팔을 단 한 치도 넘기지 못하고 있었다.

얼마나 힘을 줬으면 시야가 노래질 정도.

한편 조휘는 가해져 오는 힘의 중량에 가볍게 놀라고 있었다.

과연 팽가의 외공이 소림과 비견된다더니 힘이 보통이 아니었다.

허나 검천전능지체를 넘을 수는 없는 터.

이어 조휘가 가볍게 팔을 비틀자.

"으악!"

팔과 함께 팽각의 몸 전체가 의자 아래로 굴러떨어졌다.

쓰러진 채 일어날 생각도 하지 못하고 멍하니 허공만 바라보고 있는 팽각.

그의 동공은 마치 꿈을 꾸고 있는 사람처럼 공허했다.

조휘가 무심한 얼굴로 품속에서 예의 '근로계약서'와 목탄을 함께 꺼냈다.

"근로 조건은 서로 맞춰 가면 되는 거고 일단 초안부터 작성하고 있겠습니다."

장일룡이 배를 잡았다.

"낄낄낄! 꼴좋다!"

한편 객잔의 점소이들과 손님들은 경악의 얼굴로 굳어 있었다.

하북팽가가 어떤 곳인가?

그들의 무식한 외공 사랑은 이미 강호에 소문이 자자하다.

그 어떤 문파보다 힘을 숭앙하는 도객(刀客)들의 처소.

소림외공과 비견되는 하북팽가의 패왕공(覇王功)은 모든 외문무가(外門武家)들이 꿈에 그리는 절기다.

저 근육 인간은 그 무식한 하북의 소가주.

저 엄청난 덩치의 '팽가 인간'이 조휘에게 압도적으로 당하는 모습은 너무나도 이질적인 광경이었다.

누가 봐도 팽각이 쪽이 더 우세.

만약 이곳에 내기 판이 벌어졌다면 대부분이 돈을 잃고 눈물을 흘렸을 것이리라.

팽각이 용수철처럼 튕겨 일어나더니 미친 듯이 고개를 도리질했다.

"이, 이건 사술(邪術)이다! 무슨 속임수를 쓴 것이 틀림없다!"

조휘가 마치 예상이나 한 듯 계약서의 초안을 작성하면서 왼손을 팽각에게 내밀었다. 물론 시선은 그대로 계약서에 향한 채로.

"넘길 수 있으면 넘겨 봐요."

엄청난 도발!

감히 팽가의 긍지를 산산조각 내다니!

우악스럽게 조휘의 왼손을 마주 잡은 팽각이 또다시 전력으로 힘을 주었다.

점점 붉어지는 팽각의 얼굴.

"이! 이익!"

도대체 왜!

저 대나무같이 얇은 손모가지가 왜 안 넘어가는 거지?

더 큰 충격은 조휘가 오른손으로는 사각사각거리며 글을
적고 있다는 거다.

그렇게 연신 땀을 뻘뻘 흘리며 힘을 주고 있는 팽각에게로
예의 근로계약서가 쭉 내밀어졌다.

"직위와 품삯, 성과 수당, 임무 등 대충 초안을 잡아 봤습니
다. 읽어 보시고 서명하시면 됩니다. 아, 물론 초안이니 불만이
있다면 얘기해 주세요. 어느 정도는 반영해 드리겠습니다."

"……."

멍한 얼굴로 손을 푸는 팽각.

허물어지는 자존심, 그 분노와 열패감이 정수리까지 치민다.

팽각이 등에 찬 묵도(墨刀)를 꺼내 살기등등한 표정을 지
어 보이자.

"남아일언중천금 운운했던 놈이 한 입으로 두말하는 것도
놀라운데 감히 무기를 꼬나 잡아?"

쿠쿠쿠쿠쿠쿠.

미세한 진동이 객잔을 휘감는다.

조휘의 전신에서 피어나는 백색 아지랑이.

그렇게 너울거리는 새하얀 기(氣)의 포말들을 바라보는 팽각의 얼굴은 경악하다 못해 기절할 지경이었다.

틀림없이 내공이 유형화되는 경지, 진무화(眞武花)다.

공단(쏘丹)을 이룩하여 전신혈맥이 단전화된 경지. 화경의 문턱을 돌파한 무인들의 전형적인 특징이다.

'화경이라고?'

이 비리비리하게 생긴 놈이 어떻게 화경을 이룩한 무인일 수가 있단 말인가?

'북천의 천재'라 불린 자신조차도 아직 이룩하지 못한 경지 이거늘!

이런 엄청난 고수였다니!

그저 학사인 줄로만 알았던 조휘의 진면목을 대하자 팽각은 의기소침해졌다.

"아니 그게…… 무인인지는 몰랐지."

화경에 이른 고수라면 그 외공 또한 상승의 경지일 터. 자신의 패배가 더 이상 이상한 것이 아닌 것이다.

"이제 내가 뭘 하면 되는 거요……."

마치 나라 잃은 표정.

조휘가 그제야 검천대신공의 운용을 멈추며 다시 근로계약서를 들이밀었다.

"채탐(採探)하는 자들과 함께 광맥을 찾는 겁니다. 광맥을 찾은 후에는 그들과 함께 석탄(石炭)을 채광해 주세요."

"채광?"

명가의 자제로 태어나 평생토록 무공만을 닦아 온 자신에게 채, 채광?

지금 자신더러 광산의 광부가 되어 달란 말인가?

이런 병신 같은 요구를 할 거라고는 상상치 못했다.

도무지 믿을 수 없다는 듯 두 눈만 껌뻑거리고 있는 팽각.

"아니 도대체 무인을 뭘로 보는 거요? 광부라니? 내가 광부라니?"

"남아일언?"

"주, 중천금. 아니 그래도 이건 너무하잖소!"

허나 조휘는 한 치의 감정도 느껴지지 않은 무심한 얼굴로 근로계약서만 들이밀고 있었다.

녹림대왕의 대제자도 합빈관의 문지기로 고용하고, 북해의 고수들도 냉장고로 영입하는 판에, 하북의 근육 돼지 새끼 하나 광부로 만드는 건 일도 아니었다.

"하……."

약속은 약속이니 어쩔 수 없는 노릇이긴 한데 도무지 자존심이 상해서 서명을 할 수가 없었다.

그제야 조휘가 양념을 치기 시작했다.

"채탐에 성공하거나 석탄을 천 근(斤) 이상 생산할 때마다 성과금과 함께 합빈관의 일 회 입장권을 드리죠."

"하, 합빈관!"

조휘의 그 말에 그나마 조금 남아 있던 근육 인간의 이성이 저만치 날아갔다.

어느새 서명을 하고 있는 팽각.

한데 그때.

"아악!"

등짝을 파고드는 소름 돋는 통증에 팽각이 기겁을 하며 자세를 고쳐 잡았다.

한쪽 손에는 소도(小刀), 다른 한쪽에는 핏물이 가득 밴 헝겊을 손에 들고 있는 진가희!

"대박! 엄청난 사내의 피야!"

진가희가 이내 헝겊에 고개를 파묻었다.

장일룡이 어이가 없다는 얼굴을 했다.

"이, 이런 미친년이! 다짜고짜 사람을 찔러?"

조휘가 나직이 한숨을 쉬었다.

절대경의 피를 한번 맛보더니, 이제는 월봉을 자신의 피로 지급해 달라고 하는 또라이년이다.

이 중원 세계, 아니 지구의 역사를 모두 두루 살펴본다 해도 저년의 똘끼를 능가하는 인간이 과연 존재할 수 있을까?

"흐응! 굉장해! 이 엄청난 양기! 흡!"

피 맛을 음미하며 몸을 이리저리 꼬고 있는 진가희를, 팽각이 멍한 얼굴로 바라보고 있었다.

"허……!"

창백하고 음습한 게 문제긴 하지만 원판은 꽤나 미인에 속하는 진가희다.

모태솔로인 팽각으로서는 동요되지 않을 수 없는 노릇.

팽각이 패왕공을 일으켜 단번에 등판을 지혈시키더니 진가희에게 다가가 정중히 포권했다.

"오대세가의 북천(北天), 팽가의 현무소공자(玄武小公子)인 팽 모가 정중하게 인사 올리겠소. 소저의 방명(芳名)을 알 수 있겠소?"

조휘와 장일룡이 동시에 묘한 얼굴을 했다.

한설현에게 했던 인사와 어떻게 저렇게 토씨 하나 틀리지 않을 수가?

분명 동경을 보며 저 멘트를 수백, 수천 번 연습한 것임이 틀림없었다.

가장 황당한 것은 아무리 여자라고 해도 제 몸에 칼을 찌른 자에게 어떻게 저렇게 친절할 수 있느냐다. 참 어지간히 고픈 놈이 아닐 수 없었다.

"나? 난 진가희인데?"

"진가희!"

통성명에 성공한 팽각의 얼굴이 발그레해졌다. 앞서 한설현도 그랬고 지금도 그렇고 여인의 방명을 따는 것은 이번이 처음이었다. 나 소질이 있는 건가?

"혹시 경지가 초절정?"

"핫핫핫! 제법 눈썰미가 있으신 소저였구려!"

진가희가 호기심 어린 얼굴로 팽각의 탄탄한 몸을 더듬기 시작하자, 팽각이 전신을 부르르 떨었다.

"우와! 이거 외공이죠? 금종조(金鐘罩) 이상 같은데?"

"금종조라니! 본가의 패왕공은 그따위 허접한 외공과는 비교가 되지 않소!"

"아아! 그럼 상처가 나도 금방 회복이 되겠네요? 어맛! 벌써 등이 다 아물었어!"

진가희가 호들갑을 떨다 조심스럽게 소도를 꺼냈다.

"또 찔러 봐도 될까요?"

흠칫.

무슨 여자가 칼로 찌른다는 소리를 저리도 아무렇지도 않게 이야기하나.

"무, 물론이오! 사내에게 그따위 생채기 하나가 무어가 그리 대수겠소."

"꺅! 고마워요!"

곧 진가희가 팽각의 팔뚝에 거침없이 소도를 찔러 상처를 내더니 그대로 그의 팔을 베어 물었다.

쪽쪽.

"아아아!"

점점 묘한 표정이 되어 가는 팽각.

조휘가 서둘러 자리를 털고 일어났다.

"빨리 일하러 갑시다. 여기에 더 있다가는 정신병 걸릴 거 같네요."

"동감이우 형님!"

25章.

조휘가 한설현과 함께 객잔 밖으로 나와 운차를 타려던
그때.

한눈에 봐도 당황해하는 기색이 역력한 제갈운이, 황급히
다가와 조휘에게 귀엣말로 속삭였다.

"그…… 조금 문제가 생겼어요."

"문제? 어떤?"

제갈운이 자신의 뒤편을 눈짓했다.

"저번에 저도 상회에 투자하고 싶다고 했잖아요? 그래서
본가에 연통했는데…… 형님께서 직접 찾아오셨어요."

"형님?"

조휘가 제갈운이 눈짓한 곳을 바라보자 고아한 자태로 섭선을 펄럭이고 있는 한 학창의의 사내가 눈에 들어왔다.

그가 조휘의 시선을 느꼈는지 섭선을 접고 정중하게 예를 표하고 있었다.

"만나서 반갑소. 제갈세가의 내원주 제갈영(諸葛英)이라고 하오."

제갈영의 첫인상은 특이했다.

제갈세가 특유의 고고한 성정과 완고한 고집이 느껴지면서도 한편으로는 절로 마주 웃음이 나오는 호남형 얼굴이었다.

또한 제갈운과는 다르게 사내다운 호방함이 느껴졌고 무공도 제법 경지에 이른 듯 보였다.

하지만 조휘는 이내 기꺼운 마음을 걷어 냈다.

뭔 쫄보도 아니고 고작(?) 이만 금 투자하는 것도 쫄려서 무려 내원주씩이나 되는 인사를 보내오다니.

조휘는 굳이 보지 않아도 제갈세가 가주란 자의 마음씀씀이를 알 수 있었다.

곧 조휘가 귀찮다는 표정으로 제갈영을 흘깃 바라보았다.

"형님께 이곳저곳 다 구경시켜 드리세요. 저는 오늘 많이 바빠서."

"네. 알겠어요."

오늘은 조가대상회의 모든 사업장이 일괄 개점하는 날이다.

간부들의 숙박 문제로 조가객잔이 미리 개업하긴 했지만

냉차는 개시되지 않았다. 포양호 사람들은 오늘에야말로 진정한 조가대상회의 문물을 맞이하게 될 것이다.

"그럼……."

조휘가 천상운차에 올라타려는 그때 제갈영의 목소리가 들려왔다.

"조휘 소협!"

조휘가 뒤로 돌아보며 조금은 귀찮은 얼굴로 대답했다.

"죄송합니다. 오늘은 제가 할 일이 많아서 다음에 인사드리겠습니다."

제갈영이 다시 정중히 포권한다.

"내가 보고 싶은 것은 사업장이 아니라 조가대상회의 회장인 당신이오."

"……."

제법 성가신 인사다.

"오늘은 시간을 낼 수가 없습니다. 내일 다시 만나시지요."

제갈영이 천상운차를 눈짓으로 가리켰다.

"그 어떤 방해도 안 하겠소. 그저 동행만 하게 해 주시오."

조휘가 어쩔 수 없다는 듯 후 하고 한숨을 내쉬더니 고개를 끄덕였다.

"알겠습니다. 타시죠."

조휘와 함께 천상운차에 오른 제갈영이 내부를 둘러보더니 내심 감탄했다.

'대단하다. 그리고 뭔가 기묘하군.'

내부 장식의 양식, 그리고 각종 편의 장치들이 처음 보는 문물로 가득했다.

특히 각 자리마다 접이식으로 예상되는 탁자가 달려 있는 것이 이채로웠다.

탁자에는 그릇이나 찻잔 따위를 꽂아 두는 홈이 있었다.

그럼 자리마다 접어 둔 저 탁자가 개인 식탁(食卓)이란 소린가?

미칠 듯이 덜컹거리는 마차에서 끼니를 때운다고?

또한 여타의 마차와는 달리, 각 의자들이 독립적으로 설치되어 있는 것도 특이했고 푹신한 가죽으로 감싼 모습도 고급스러웠다.

각 창문별로 달려 있는 차양막, 유려한 난(蘭)이 담겨 있는 화분, 신을 벗어 놓을 수 있는 신발장까지.

가히 마차 안인지 객방 내부인지 구분이 힘들 정도다.

"출발해 주세요."

조휘가 쪽창으로 마부에게 출발을 지시하자 천상운차가 천천히 움직이기 시작했다.

"어?"

육성으로 튀어나온 당혹감.

동그랗게 변한 제갈영의 두 눈이 곧바로 조휘에게 향했다.

"……어떻게 이런?"

아무리 포양호 변 대로(大路)라 하나 자갈과 돌부리가 수두룩한 흙길이다.

창밖을 보면 움직이고 있는 것이 분명한데 마차 동체(動體)의 덜컹거림은 미약하기 그지없었다.

마치 구름을 거니는 듯한 극도의 이질감.

지금까지 자신이 경험한 마차와는 궤가 달랐다.

그때, 조휘가 접이식 탁자를 펼치며 품 안의 장부를 꺼내 그 위로 펼친다.

이어 목탄을 꺼내 뭔가를 적기 시작하는 조휘.

입을 벌린 채 멍하니 그 모습을 쳐다보고 있는 제갈영.

지독히 덜컹거리는 마차 안에서 집무를 본다는 것은 평소에 상상도 해 보지 못한 그였다.

"뭣 때문에 그러시죠?"

제갈영이 탄복한 얼굴로 대답했다.

"예사의 마차가 아니구려."

조휘가 슬며시 미소 지었다.

"저희 안휘철방의 발명품인 천상운차라고 합니다."

"천상운차(天上雲車)라!"

크게 고개를 끄덕이며 탄복하는 제갈영. 과연 그 이름이 어울리는 마차였다.

이어 그는 조휘의 옆에 앉아 있는 면사 여인을 지그시 응시했다.

여인이 면사를 착용했다는 것은 자신의 신분을 드러내기 싫다는 뜻.

애초에 이들의 행사를 방해하지 않기로 했기에 굳이 먼저 말을 걸어 소란을 피울 필요는 없을 터였다.

그렇게 약 이각 여의 시간이 흐르자, 쪽창으로 마부의 음성이 들려왔다.

"첫 번째 목적지에 도착했습니다."

조휘가 장부를 덮어 다시 품 안에 넣더니 한설현에게 말했다.

"내리시죠."

"네."

포양호의 조가성심당(曹家聖心堂) 앞은 마치 난전을 방불케 했다.

벌써부터 인산인해(人山人海).

그도 그럴 것이 안휘 조가성심당의 엄청난 명성은 이미 이곳 포양호까지 자자했다.

모두가 천하의 진미라는 육겹면포(肉裌面包)와 흑청수(黑清水)를 맛보기 위해 기다랗게 줄을 서고 있는 것이다.

무엇보다 제갈영을 놀라게 하는 것은 살벌하게 눈을 부라리고 있는 흑천련의 고수들도 함께 줄을 서고 있다는 것이었다.

뿐만 아니라 귀족들의 시종, 값비싼 비단으로 몸을 감싼 부자들, 관부의 인물들 그 모두가 함께 인산인해를 이루고 있었다.

역시 미식(美食)과 탐식(貪食)에는 지휘고하 남녀노소의 구분이 없는 건가.

운차에서 내린 조휘는 한설현을 조가성심당 내부로 안내해 주고는 다시 밖으로 나왔다.

차 한 잔 마실 시간이 지나자 드디어 한설현이 나왔다.

가늘게 숨을 몰아쉬고 있는 것이 제법 탈력감을 느끼는 듯 보였다.

조휘는 한설현의 몸이 상할세라 급히 미리 챙겨 온 당과와 보약을 그녀에게 건넸다.

"몸 상하시면 안 됩니다. 쭉 드세요 쭉."

"……고마워요."

뛰어난 빙공 실력과는 별개로 그녀의 내공은 너무 미약했다.

조휘는 반드시 그녀에게 천빙령(天氷靈)을 구해 주리라 다짐했다.

막상 빙공을 몰아치고 온 후 탈력감으로 고통받는 한설현을 바라보고 있자니 마음이 편치 않았던 것.

아무리 사업이 좋기로서니 타인의 삶을 고통으로 몰아넣고 제 이득만 챙길 수는 없지 않은가.

물론 그녀를 보호해 주고 싶은 이와 같은 감정이, 그녀의 엄청난 미모에 영향을 받지 않은 것은 아니었다.

어쨌든 얼음이 완비되었으니 조가성심당의 영업이 곧 시작되었다.

조가성심당이 개점하자 기다랗게 줄을 서서 기다리고 있던 사람들이 연신 목청을 높이며 주문을 해 댔다.

"흑청수! 흑청수를 맛보고 싶소!"

"나도 흑청수!"

"육겹면포와 흑청수를 주시오!"

그야말로 문전성시!

사람들이 주문했던 음식이 순차적으로 나오기 시작하자 탄성과 비명, 경악의 외침들이 사방에서 터져 나왔다.

"홉!"

"세, 세상에! 이런 맛이!"

그 열광적인 광경에 제갈영은 내심 자신도 육겹면포와 흑청수의 맛이 궁금해졌다.

때마침 조가성심당의 당주가 육겹면포와 흑청수를 손에 들고 헐레벌떡 조휘에게로 뛰어왔다.

"여기 가져왔습니다요 회장님!"

성심당주는 긴장하는 기색이 역력했다.

조휘의 시식은 까다롭기로 유명했다.

특히 오늘은 조가성심당이 포양호로 진출한 첫날이다. 오늘을 통과하지 못하고 깨진다면 당분간 영업이 중지될지도 몰랐다.

단숨에 육겹면포를 한입 베어 물고 눈을 감으며 음미하는 조휘.

천천히 씹던 그가 이번에는 흑청수를 한 모금 들이켠다.

"음······."

침을 꿀꺽 삼키며 조휘의 시식평을 기다리고 있는 성심당주.

조휘가 감았던 눈을 뜨며 흡족한 듯 희미한 미소를 지어 보였다.

"괜찮군요. 맛이 변하지 않았어요."

아직은 흑청수가 현대의 콜라에 비해 미덥지 못한 것은 사실이지만 그래도 이 정도가 어딘가?

곧 조휘가 성심당주에게 일러 여분의 흑청수와 육겹면포를 가져오라고 지시했다.

성심당주가 정성스레 포장한 육겹면포와 흑청수를 다시 가져오자 조휘는 곧바로 운차에 몸을 실었다.

"가시죠. 점심은 이동하면서 해결합시다."

다시 운차에 올라탄 제갈영이 성심당의 음식에 잔뜩 호기심을 드러냈다.

"혹 먼저 맛볼 수 있겠소?"

조휘가 묵묵히 고개를 끄덕이며 육겹면포와 흑청수를 그에게 건넸다.

곧 제갈영이 육겹면포를 한입 베어 물고 씹어 본다.

급격하게 확장되는 동공!

대체 어떻게 이런 맛이?

가히 미각의 환상이다.

알싸하게 도는 매운 불향.

혀를 감아 도는 달짝지근한 맛.

감칠맛으로 가득한 미친 풍미.

하나하나를 따지면 자극적이었지만 달고 맵고 짠 그 어우러짐이 실로 미친 조화를 일으키고 있었다.

꿀꺽!

마치 입안에 '맛의 폭풍'이 지나간 것 같다!

그 환상의 맛은 제갈영에게도 새로운 세계!

허나, 그 쾌감은 흑청수를 빨아들였을 때와는 비교조차 되지 않았다.

쮸웁!

가느다란 어린 대나무 대롱으로 흑청수를 깊게 빨아들이자마자 정수리까지 시원해지는 격렬한 소화의 쾌감이 사정없이 몰아친다.

"꺼어어어억!"

이런 시원한 트림은 세상 처음!

그렇게 제갈영이 한참이고 흑청수를 음미하다 문득 자신의 실책을 깨닫고 체통을 차렸다.

"시, 실례했소."

그러나 인간은 한번 맛본 쾌감을 결코 잊지 못한다.

격렬한 쾌감이 잦아들기가 무섭게 마치 파블로프의 개처럼 본능적으로 다시 대나무 대롱을 덥석 무는 제갈영.

쭈웁!

"키야아아!"

탄성! 또 탄성!

세상에 이런 음료(飲料)가 존재할 수 있단 말인가?

정말이지 믿을 수가 없었다.

그렇게 저녁까지 이어진 조가대상회 투어.

결국 그는 조가객잔의 냉차, 그 청량함에 몸을 떨었고 조가양조장의 한빙주에 정신줄을 놔 버렸다. 특히 설화신주를 맛본 후에는 눈물까지 글썽일 지경!

그것뿐인가.

오와 열을 맞춰 일제히 사방으로 흩어지는 조가통운의 라이더들, 그 엄청난 수의 자전거들을 바라보며 그는 아무런 말도 할 수 없었다.

배달통운업(配達通運業)이라는 기상천외한 사업 수단을 처음으로 접한 그에게는 또 한 번의 신세계!

저 엄청난 음식들을 집 안까지 가져다준다니!

실로 엄청난 그 발상에 온몸에 소름이 돋아날 지경!

허나 그게 끝이 아니었다.

그날 저녁, 객잔으로 돌아오자마자 부리나케 동생의 객방에 달려가 감탄을 늘어놓으려던 그때.

탁자 위에서 십 층 전각의 설계도해(設計圖解)를 발견해 버렸다.

이어 동생의 설명을 모두 들은 제갈영.

곧바로 제갈영은 한 통의 편지를 작성했다.

-아버지.

소자 영(英)입니다.

일단 가용할 수 있는 가문의 모든 금자를 보내 주십시오.

아니, 투자가 문제가 아닙니다.

이것은 혁명입니다.

조휘라는 자는 실로 무서운 자입니다.

수단과 방법을 가리지 않고 그와 손을 잡아야 합니다.

저는 당분간 운이와 함께 이곳에 남아 그와 교류하여 친분을 다지겠습니다.

내원은 잠시 아버지께서 운영해 주십시오.

제가 살펴본 바로 이 조가대상회라는 곳은 첫째……

제갈영이 포양호에서 겪은 모든 견문을 상세하게 적어 놓은 이 보고서.

그로서도 이 보고서가 무림맹주의 회탁 위에까지 올라갈 것이라고는 상상도 하지 못했다.

이 한 통의 편지로 인해 비로소 조가대상회의 진면목이 안휘와 강서를 넘어 강호의 전면에 널리 알려지게 된 것이다.

다음 날.

조휘가 사천당가를 다녀오겠다는 뜻을 동료들에게 내비치
자 모두 하나같이 기함했다.

"사천당가요? 그놈들이 어떤 놈들인데요! 천빙령은커녕 말
도 꺼내 보지 못하고 문전박대만 당하고 올 겁니다!"

"맞소. 그 어떤 성과도 없을 것이오. 그 냉혈한들은 설득이
나 협상, 거래가 통하지 않는 작자들이오. 분명 헛걸음이 될
것이오."

연신 조휘를 뜯어말리는 제갈운과 남궁장호.

같은 오대세가의 일원으로서 사천당가, 그 특유의 폐쇄성
을 누구보다 잘 아는 그들이었다.

당가에는 객첩이나 빈객과 같은 제도도 없었다.

당가 일족을 제외한다면 당가타(唐家陀)의 담을 넘은 사람
은 거의 전무하다시피 했다.

그들은 모든 용무와 업무를 오직 서찰로만 접수했으며, 맹
(盟)에서 온 사자라고 해도 기별 없이 방문한다면 되돌려 보
내는 인사들이었다.

대충 동료들의 설명을 들은 조휘가 고개를 갸웃거렸다.

"허면 그런 자들이 왜 오대세가에 속해 있는 겁니까? 평소
저도 궁금했습니다. 애초에 왜 그들이 정파인지도 모호했거

117

든요. 독과 암기는 엄연히 살수(殺手)들의 수법이잖습니까?"

그렇게 폐쇄적인 문화를 지니고 있고, 하물며 독과 암기를
쓰는 문파라면 정파의 그늘 아래 있는 것이 말이 되지 않았다.

제갈운이 말했다.

"그들은 필요악이에요."

"필요악?"

남궁장호가 침중하게 굳어진 얼굴로 서쪽을 바라보았다.

"일기당가(一己唐家). 그들은 홀로 정파무림의 최전선을
지키고 있소."

"최전선?"

"그들은 오랜 세월 천마(天魔)의 후인들과 마주하고 있소."

천마성.

홀로 천마성과 접경을 마주하고 있는 가문.

그 하나만으로 그들은 정파(正派)였다.

얼음 문제를 깔끔하게 해결하지 않고서는 조가대상회를
제대로 굴릴 수 없다는 것이 조휘의 냉정한 판단이었다.

한설현의 미진한 내공은 이제 더 이상 그녀의 개인적인 문제
가 아니라 강서성 조가대상회의 사활이 걸린 일이 된 것이다.

천빙령(天氷靈).

북해의 광활한 만년한설 속에서 빙정(氷精)을 찾는다는 것
은 육지의 심마니가 산삼을 찾는 것에 비할 수 있을 것이다.

그런 빙정 중에서도 천 년 이상 오래 묵은 것들은 엄청난 압력에 의해 결정화되어 정(精)의 기운이 영기(靈氣)를 머금게 되는데, 그것이 바로 천빙령이었다.

북해인에게는 대환단이요, 자소단인 그 이름.

빙백신공(氷白神功)을 익히는 자에게 있어서 가히 무가지보나 다름없는 영약인 것이다.

북해빙궁의 직계혈족인 설풍 한씨들은 북해의 귀족 중의 귀족이었다.

그들은 열두 살이 되기 전에 반드시 빙령지체(氷靈之體)를 이뤄 내야 했고, 북해 사람들은 아무리 곤궁한 상황이더라도 설풍 한씨들에게만큼은 기필코 천빙령을 가져다 바쳤다. 그들은 북해를 지키는 수호신이었기 때문이다.

하지만 그와 같은 전통도 한씨 남매의 대(代)에 이르러서 더 이상 이어지지 못했다.

북해의 상황이 열악해질 대로 열악해져 빙정을 탐사할 여유조차 허락되지 않았던 것.

그런 빙정 중에서도 극상품이라 할 수 있는 천빙령은 이제 북해의 전설로 남아 버렸다.

목 놓아 울부짖어 봤자 과거의 영광이요 망령일 뿐.

단 하나 남은 천빙령을 한설현의 오라비인 한설백이 복용해 버렸으니 더 이상 북해에 천빙령은 존재하지 않는 것이다.

한설현은 담담한 표정으로 찻잔을 매만지고 있는 조휘를

119

복잡한 심정으로 바라보고 있었다.

그런 북해의 꿈, 설풍 한씨의 비원을 이 눈앞의 사내가 이뤄 준다고 호언하고 있었다.

"천빙령을 어떻게 알아보냐고요?"

끄덕끄덕.

조휘가 품속에서 예의 장부를 꺼내며 다시 말했다.

"소저께서는 소빙고 때문에 포양호를 벗어나지 못하시니 결국 저 혼자 사천당가로 갈 수밖에 없지요. 문제는 제가 천빙령을 모른다는 겁니다. 그 음습한 당가 놈들이 속이려 든다면 눈탱이를 맞을 수밖에 없다는 거죠."

한설현은 당황한 얼굴을 하고 있었다. 그도 그럴 것이 자신도 천빙령을 한 번도 보지 못했기 때문이었다.

"저도 몰라요. 천빙령을 본 사람은 오라버니가 유일해요."

"음."

하루하루가 소중한 마당에 다시 안휘에 들러 한설백을 만날 수는 없는 노릇.

그때, 한설현이 별안간 뭔가 떠오른 얼굴을 했다.

"아! 천빙령이 빙공의 빙기(氷氣)에 반응한다고 했어요!"

"반응이요?"

"네!"

그럼 문제가 없었다. 초보적이지만 빙기의 발현 정도는 조휘도 충분히 흉내 낼 수 있었다.

조휘가 자리를 털고 일어났다.

"당분간 사업장을 열 개 정도로 축소 운영할 것입니다. 이미 장 부장에게 지시해 놓았으니, 장 부장이 안내하는 소빙고만 운용해 주시면 됩니다. 제가 없는 동안 잘 부탁드리겠습니다."

강호에 엄청난 파랑을 일으킬 조휘의 단독 사천행(四川行)이 결국 이렇게 시작되었다.

◆ ◈ ◆

촉(蜀)의 개는 마른하늘만 보면 짖는다는 속담이 있다.

파촉은 촉산(蜀山)이라 불릴 정도로 산지가 많아 기후가 변화무쌍하고 비가 잦았다.

사시사철 짙은 운무로 뒤덮인 산지의 개들은 마른하늘을 볼 일이 없으니 해가 쨍쨍 뜨기만 하면 신기하여 미칠 듯이 짖어 대는 것이다.

구름 사이에서 드러나며 강렬히 내리쬐는 일광(日光).

항시 후덥지근한 습기로 고통받던 조휘가 이제야 살 것 같다는 듯 한결 편안한 얼굴을 했다.

"어휴, 썩을."

그동안은 마치 몸에서 곰팡이가 피는 것 같았다.

햇볕이 이렇게도 소중할 수 있다는 것을 처음으로 깨닫게 되는 조휘.

조휘는 풀숲의 한복판에서 아무렇게나 털썩 주저앉은 후 얼른 신을 벗어 볕이 잘 드는 곳에 두었다.

부르틀 대로 부르튼 발도 일광을 받자 마치 소독되는 기분이 들었다.

왈왈왈왈!

도대체 어디에서 이렇게 많은 개가 숨어 있었는지 별안간 사방에서 개 짖는 소리가 들려왔다. 개들은 떠오른 해가 신기한지 미친 듯이 짖고 있었다.

과연 속담은 리얼이었다.

한 달여를 걷고 걸어 겨우 도착한 사천성의 초입.

천상운차를 몰고 오고 싶은 마음은 굴뚝같았지만 촉산의 좁디좁은 험로는 결코 이를 허락하지 않았다.

노폭(路幅) 자체가 너무 좁아 마차가 통과할 수 없는 곳이 수두룩했기 때문이다.

깎아지른 듯한 천애의 절벽 그 중심에 사람 하나 겨우 통과할 수 있는 소로를 기똥차게도 뚫어 놓았다.

지금의 기술로 어떻게 그런 길을 뚫었는지 신기할 정도였다.

참 중원은 알다가도 모르겠다.

현대의 문명에 비해 엄청나게 낙후된 세계가 분명한데 어떤 측면에서는 믿기 힘들 정도로 발전된 모습을 보여 준다.

'혹시 무공을 익힌 자들이?'

그런 엄청난 촉산의 험로들을 무공을 익힌 자들이 개설했다면 모든 것이 설명된다.

절벽을 올라탈 수 있는 벽호공(壁虎功)을 익힌 절정의 고수들이라면 위험천만하게 밧줄에 매달려 절벽을 조각할 필요가 없었다.

'오? 가만?'

그리고 보니 주상복합 아파트를 건설하는 데 무공을 익힌 강호인을 노가다꾼으로 고용할 수만 있다면 준공 기일을 비약적으로 단축시킬 수 있는 것 아닌가?

하릴없이 밥만 축내는 무공 고수들이라면 흑천련에 남아돈다.

그놈들을 동원하는 것쯤이야 문제될 것도 없다. 어차피 해약(?)으로 흑천련 고위 간부들의 생사여탈권을 모두 쥐고 있는 마당이니 몇 마디 협박으로 해결될 터.

염상록이 가져다주는 해약이 끊겨 버리면 당장 두 왕(王)부터 벼락같이 달려와 애걸복걸할 것이다.

음흉한 미소를 지으며 또 하나의 계획에 만족감을 표시하는 조휘.

그때 소로 어귀에서 인기척이 느껴졌다.

"음?"

선두의 기수부터 눈에 들어왔다.

펄럭이는 깃발에는 '촉상(蜀商)'이라는 글귀가 새겨져 있었다.

이어 등장한 노새(騾) 무리.

조휘는 크게 고개를 끄덕였다.

과연 말과 당나귀의 교배종인 노새의 작은 몸집과 민첩함이라면 촉산의 좁은 소로를 통과하는 데 큰 무리가 없을 터.

호기심이 생긴 조휘가 상단의 행렬에 다가갔다.

정중히 포권하는 조휘.

"안녕하십니까."

싱긋.

조휘가 사람 좋게 웃고 있었지만 그들의 반응은 한결같이 시큰둥했다.

선두의 기수가 조휘의 위아래를 훑더니 무심한 표정으로 입을 열었다.

"무슨 용건이시오."

조휘가 예의 미소로 대답했다.

"제가 촉 땅은 처음이라 우왕좌왕하는 와중에 마침 상단의 호걸들이 지나가시는 터라 반가운 마음에 달려왔습니다. 실례가 되지 않는다면 객으로 동행이 가능하겠습니까?"

똥개도 자기 집 앞마당에서는 반은 먹고 들어가는 법이다. 이 머나먼 타지에서 현지인의 도움을 받을 수만 있다면 여정에 엄청난 도움이 될 터.

수백 리를 되돌아갈 길도 현지인의 한마디에 수십 리로 단축될 수 있는 것이다.

촉상의 기수는 이런 일이 흔한 듯 여전히 퉁명한 얼굴로 가격을 제시했다.

"상단의 객이 되고 싶으면 은자 열 냥을 내고 참여하시면 되오."

"은자 열 냥이요?"

와 씨 이런 날도둑놈들을 봤나.

누가 장사치 아니랄까 봐!

조휘가 뭐라고 대꾸하려는 그때, 기수는 깎으려는 시도 자체를 없애 버렸다.

"열 냥이 아니면 우린 받아 줄 수 없소."

"으음."

은자 열 냥이 큰돈이기는 하지만 조휘에게는 아니었다.

곧 조휘가 소매에서 금화 하나를 꺼내 기수에게 내밀었다.

상대가 금화를 꺼내 들자 기수의 두 눈에 기이한 빛이 일렁였다.

평범한 양민이 금화를 소지하고 다닐 리는 없는 터.

그제야 기수는 조휘가 허리에 차고 있는 조가철검을 발견하더니 경계하기 시작했다.

이 촉(蜀)의 첩첩산중에서 당당히 금화를 소지하고 또 내미는 자. 적어도 제 한 몸은 지킬 자신이 있다는 뜻이다.

"강호인이셨군. 실례가 많았소. 금화는 받은 것으로 하고 객으로 받아 주겠소."

다시 금화를 조휘에게 내미는 기수.

과연 이들은 노련한 상인이었다. 상인으로서 강호인의 비위를 상하게 해서 좋을 일이 없었다.

더구나 곧 철혈곡을 지나야 하는 상황.

한 사람의 무인이 아쉬운 판에 강호인이라면 마다할 이유가 없었다.

"곧 철혈곡이오. 소협의 도움을 기대할 수 있겠소?"

"철혈곡? 거기가 어딥니까?"

"철혈장(鐵血莊)을 모르신단 말이오?"

"철혈장?"

그들 스스로가 철혈장이라고 칭할 뿐 사실상 철혈채(鐵血寨)였다.

그들은 촉산의 초입에 똬리를 틀고 있는 산채로서 그 악명이 자자했다.

뻔히 정해진 통행료를 전해 받고도 물건이 탐이 나면 곧바로 안면몰수도 마다하지 않는 양아치들.

수틀리면 여인을 납치하기도 하고 상단을 몰살시키기도 하는 그야말로 무시무시한 자들이었다.

스스로를 철혈마도(鐵血魔刀)라 칭하며 철혈곡을 지배하는 사내, 용웅창.

기수에게 전해 들은 그의 무위는 놀랍게도 초절정이라고 한다.

그렇게 기수의 설명을 모두 들은 조휘가 고개를 갸웃거렸다.

"사천은 당가의 권속 아닙니까? 그들에게 도움을 요청해 보지 않았나요?"

기수는 허탈하게 웃고 있었다.

"당가는 우리 같은 상인들을 상대하지도 않소."

"음? 당가는 상업 활동도 하지 않는 겁니까?"

"당가인들은 상인들의 물건을 매입할 때도 대리인을 보내 처리하오. 당가혈족을 직접 본 사람들은 극소수요."

"하!"

함께 사천 땅에서 살아가는 사람들과도 직접 교류하지 않는다니?

폐쇄적인 것도 정도가 있지 이건 좀 도가 지나친 거 아닌가?

"당가는 사업장도 운용하지 않습니까? 가문이 유지가 안 될 텐데?"

"그들이 가문을 어떻게 운영하는지 우리로서는 알 수도 없고 알 필요성도 느끼지 못하오. 괜히 당가의 일에 휘말렸다가는 쥐도 새도 모르게 죽어 나가기 십상이라."

"죽는다고요?"

"당가의 일을 떠벌리고 다니는 자들의 태반은 실종되오. 물증은 없으나 심증이 그러한데 어쩌겠소."

들어 보니 이건 공포로 군중을 지배하는 집단의 전형적인 특성이었다.

이를테면 북한의 절대 권력자들의 수법.

조휘는 사천당가라는 곳의 진면목을 대하면 대할수록 기분이 더러워지고 또 실망스러웠다.

"실망스럽기 짝이 없는 자들이군요. 그래도 명색이 정파의 오대세가라는 작자들이 어찌 그렇게 양인들의 삶에 무관심할 수 있단 말입니까. 협의를 모르는 자들에게 왜 정도(正道)라는 이름을 허락한단 말입니까."

"헉! 이 사람이!"

"그 입 조심하시오!"

기겁을 하며 조휘를 말리는 상단 사람들.

무슨 당가(唐家)가 해리포터의 볼드모트냐!

조휘는 아랑곳하지 않고 말을 이어 갔다.

"아니, 제가 무슨 틀린 말을 했습니까? 감히 세가(世家)라 자처하는 자들이 지역 상인들의 곤경을 외면하고 제 안락만 누리려 한다면 협의를 말할 자격이 없는 겁니다. 정파라 불리면 안 되는 거예요."

"허허!"

당가를 이렇게 함부로 언급하고 힐난하다니!

역시 외지인이라는 건가.

이와 같은 언사는 사천 사람이라면 상상도 할 수 없는 노릇이었다.

그때.

쐐애애애애애액!

파팟!

조휘는 엄청난 파공음과 함께 날아온 비도(飛刀)를 부드럽게 낚아채며 그 방향을 가늠했다.

저 멀리서 마치 한 마리의 독사 같은 날카로운 기세의 노인이 저벅저벅 걸어오고 있었다.

"과연 예사 입심이 아니라 여겼거늘 제법 한가락 하는 놈이었구나."

기수를 비롯한 모든 상인들이 일제히 경악의 얼굴로 털썩 엎드렸다.

"다, 당가!"

"당가의 귀인을 뵙습니다!"

짙은 흑의 사이사이로 수십 마리의 독룡(毒龍)과 독사(毒蛇)들이 진한 핏빛 수실로 수놓여 있었다.

그 신분이 가히 상상도 되지 않는 당가인(唐家人)이었다.

조휘는 어안이 벙벙할 지경이었다.

출발하기 전 분명 제갈운에게 당가의 사전 정보를 미리 들은 상태.

외원의 무사들은 그 직급별로 독사 한 마리에서 일곱 마리를 무복에 새겼고, 내원의 무사들부터 독룡(毒龍)을 두르게 되는데 그 역시 한 마리에서 일곱 마리였다.

독룡 일곱 마리가 바로 당가의 세가주(世家主).

한데 눈앞의 이 노인이 걸치고 있는 무복에는 그런 독룡이 몇 마리인지 세는 것조차 힘들 지경이었다.

'이 노인네 이거 짝퉁 아니야?'

강호에는 반호(半豪)라고 불리는 자들이 있다. 어설프게 어디서 주워들은 풍문으로 고수 행세를 하는 자들.

간혹 합비에도 남궁세가의 무인 행세를 하는 자들로부터 피해를 입어 하소연하는 자들이 세가를 방문하기도 했다.

하지만 눈앞의 노인을 그런 반호로 치부하기에는 뭔가 기묘했다.

일단 손아귀의 통증.

웬만한 물리력으로는 타격조차 힘든 검천전능지체다. 한데 비도에 담긴 예기와 파괴력이 실로 상당했다.

더욱이 기세.

한 마리의 독사와 같은 예기가 온몸에서 발산되고 있었다.

전해 들은 바로는 전형적인 당가 무인의 특성.

저 날카로운 투기와 독기는 일반인에게서는 결코 볼 수 없는 기세다.

한데, 정말 당가인이라면 저 수십 마리의 독사와 독룡은 뭐란 말인가?

당가의 세가주보다도 윗줄의 직급이란 말인가?

이렇듯 내심 궁금증이 치밀었지만 조휘는 그저 날카로운 안광을 빛내며 상대를 노려볼 뿐이었다.

어쨌든 자신에게 살수(殺手)를 펼친 자.

순간 조휘의 신형이 흐릿해졌다.

"흡!"

흑의 노인의 입에서 다급한 음성이 튀어나왔다.

상대가 마치 점멸하듯 깜빡이는 그 순간 자신의 옆구리 쪽
에서 날카로운 예기가 느껴진 것이다.

츠캉!

"크헉!"

콰콰쾅!

비명을 지르며 정신없이 날아가 저만치 나뭇등걸에 처박
혀 버린 흑의 노인.

곧 그가 요독비(妖毒匕)를 쥐고 있는 자신의 손을 믿을 수
없다는 눈으로 응시하고 있었다.

처참하게 찢겨져 있는 자신의 손.

단 일 검을 막았을 뿐인데 내부가 미친 듯이 요동치고 있
었다.

이어 또다시 짓쳐 오고 있는 삼검(三劍).

일견 단순해 보이는 삼검이었지만 흑의 노인은 상대의 검
에 담긴 지고의 경지를 단숨에 알아보았다.

"놈!"

순간 노인의 신형이 미끄러지듯 뒤로 흐르더니, 곧 그의 신
형이 팽이처럼 휘돌며 하늘을 향해 날아올랐다.

차차차차차!

맹렬한 속도로 휘돌며 그 원심력을 이용한 암기들이 사방
천지로 쏟아져 나오기 시작한다.

그 광경에 촉상의 기수가 대경하며 소리쳤다.

"모두 노새 뒤로 숨어!"

한데.

콰쾅!

엄청난 진각을 밟으며 조휘가 튀어 나가자 사방에 돌풍이
휘몰아쳤다.

남궁비전 천풍보(南宮秘傳 天風步).

제이식(第二式) 회령풍(回靈風).

엄청난 와류, 용권풍과도 같은 소용돌이가 사방으로 휘몰
아친다.

적의 눈을 혼란케 하여 몸을 내빼기 위한 남궁세가 전통의
회피 보법이 비도를 막는 방어 보법이 된 것이다.

조휘는 격렬하게 움직여 보법을 일으키면서도 적의 품속
으로 파고드는 것을 잊지 않았다.

예의 삼검(三劍)이 그대로 노인의 몸을 짓이긴다.

기다란 검상이 그려진 노인의 옆구리.

무복에 수놓인 몇 마리 독룡이 허리가 잘린 채 피를 뚝뚝
흘리고 있었다.

조휘가 조가철검을 회수하며 무덤덤한 얼굴로 입을 열었다.

"참으로 악랄한 노인네일세. 그 잘난 당가를 욕한 건 나 하나잖아? 그런데 왜 전부 몰살시키려 들어?"

노인은 자신의 옆구리가 쩍 벌어져 피가 꿀렁꿀렁 미친 듯이 쏟아지는 데도 신음 하나 흘리지 않았다.

그저 독기 어린 얼굴로 지혈하며 두 눈으로 분노의 광망만 쏟아 낼 뿐이었다.

"당가 일족임을 드러냈는데도 감히 대적하는 자가 있다니. 그 간담 한번 쓸 만하구나."

조휘는 아무런 말도 없이 묵묵히 노인을 쳐다만 보고 있었다.

노인이 문득 품에서 폭통(爆桶) 하나를 꺼내더니 입으로 물어 그 심지를 뽑자 하늘 위로 신호탄이 솟구쳤다.

삐이익!

노인이 묵묵히 폭통을 갈무리하며 말했다.

"지금부터 네놈에게 일어날 일을 말해 주겠다. 먼저 본가의 독아십이수(毒牙十二手)가 네놈을 추적할 것이다. 독룡각(毒龍閣)은 후방에 천라지망을 펼쳐 지원하겠지. 물론 당가의 권역, 촉산의 모든 곡(谷)이 틀어 막힐 것이다."

사천당가가 유명한 이유는 원한이 생기면 수백 배로 복수하는 그 강렬한 투쟁심에 있었다.

한데 그때 조휘의 머릿속에 검신 어른의 음성이 울려 퍼졌다.

-파문당한 자로구나.

'네? 그게 무슨?'

저리도 온몸에 '나는 당가요!'라고 그득그득 티를 내고 다니는 인간이 당가인이 아니라고?

그럼 저 별난 흑의 무복과 품에서 꺼낸 폭통은 무엇이란 말인가?

-저자의 손목을 자세히 봐라.

검신 어른의 말에 조휘가 노인의 손목을 살펴보았다.

참혹한 상처.

흔히 맥을 짚는 부분에 불로 지진 듯한 상처가 두툼하게 자리 잡고 있었다.

-열결(列缺)과 경거(涇渠) 혈을 지나는 자리를 불(火)로 봉했다면 독혈(毒血) 경지에 이르렀다는 방증일 터. 거의 독인의 경지에 근접했던 자로구나.

독인(毒人).

독을 다루는 자라면 꿈에서라도 바라 마지않는 경지.

강호의 일반적인 경지라면 화경의 경지와 비슷한 경지일 것이고, 마인이라면 극마(極魔), 북해라면 빙인(氷人)의 경지를 말하는 것이리라.

곧 조휘가 의문을 표시했다.

'그런 경지로 보이진 않습니다. 이 정도라면 장 부장이나 장호 형님과 비슷한 경지입니다.'

-미욱한 놈. 저자는 단 한 올의 내공도 없느니.

'예? 설마요?'

-저자의 움직임에 이상함을 느끼지 못했느냐?

하긴 이상하긴 했다.

보법을 펼치고는 있었는데 마치 강시처럼 통통 튀어 다니는 듯한 모습이었다.

-독혈은 불(火)로 봉해졌으며 사지의 근맥 또한 잘렸구나. 당가(唐家)가 그의 무공을 회수한 것이다. 저런 몸으로 이만한 움직임이라니 실로 대단한 근성을 지닌 아이로다.

"사지근맥이 잘렸다고요?"

조휘가 육성으로 당혹감을 내비치자 흑의 노인의 얼굴이 처참하게 구겨졌다.

"그, 그게 뭐 어쨌다는 것이냐!"

-저놈의 모든 움직임에는 당가(唐家)의 무리(武理)가 단한 치도 느껴지지 않았다. 파문제자의 전형적인 특성이지. 평생을 닦아 온 기예를 지워 내는 것은 극한의 고통을 수반하는 터. 그 집념과 절제력이 실로 남다른 후배다. 그의 사연을 위로하고 보듬어 주도록 하거라.

'아니 어르신……'

-저 아이의 독심(毒心)은 그저 겉모습일 뿐. 저놈의 내면, 그 상처받은 진의(眞意)를 살펴보고 싶구나.

'……'

지금껏 검신 어른은 본인의 염원을 자신에게 요구한 적이 없었다. 흑의 노인의 처지가 어지간히 딱했던 모양.

하는 수 없이 조휘가 한숨을 내쉬며 검을 허리에 찼다.

"당가의 파문제자시죠?"

"노, 놈!"

지극히 당황한 기색이 가득한 흑의 노인.

"열결과 경거 혈을 지나는 자리를 불로 봉했다면 그 피가 독혈이었다는 뜻. 당가도 미친놈들이네요. 독인의 경지에 근접한 자를 파문하다니."

"그, 그걸 어떻게?"

독혈(毒血).

이 사실이 강호에 알려지면 당가로서는 큰일이었다.

끊임없이 독을 주입하여 인체의 모든 피를 독수로 만드는 이 연공법은 강호에서 금기시되는 사공(邪功).

정파를 자처하는 이상 결코 드러내서는 안 될 일이었다.

이는 당가가 지극히 폐쇄적인 이유와 맞닿아 있는 부분.

"아니 도대체 무슨 일을 저질렀길래 집안 식구끼리 사지근 맥을 자릅니까? 게다가 노인장은 그런 가문이 뭐가 좋아서 이렇게 비호해 주는 거죠?"

갑자기 조휘가 하늘을 가리켰다.

"맹의 신호탄도 삼 개월마다 표식이 바뀐다고 들었는데 그 폭통도 허세죠?"

"……."

조휘의 연이은 팩트 폭력에 흑의 노인의 얼굴이 점점 구겨지고 있었다.

"아니 당가에 의해 사지근맥까지 잘린 마당에 그 방향으로 오줌도 싸지 말아야죠. 뭐가 좋다고 사천도 벗어나지 못하고 이렇게 사십니까."

"그만! 그만 말소리를 줄이게."

"이미 기막을 펼쳐 놓았습니다만?"

"허!"

기막(氣幕)을 펼칠 수 있다는 것은 화경에 이르렀다는 소리다.

저 나이에?

아무리 많게 보아도 이십 대 중반을 넘지 않아 보였다.

하지만 강호란 왕왕 상식을 뒤집는 자들이 출현하지 않은가.

"거 술 한잔합시다."

"……술?"

조휘가 뚜벅뚜벅 걸어가 자신의 봇짐을 뒤적이더니 한빙주 한 병을 꺼내 오다 촉상(蜀商)의 기수에게 말했다.

"아무래도 함께 가지 못할 것 같습니다. 호의는 결코 잊지 않겠습니다."

"아, 알겠소."

황급히 포권하는 기수.

조휘의 엄청난 무위를 직접 견식한 그로서는 두려울 수밖에 없었다.

곧이어 조휘는 흑의 노인 앞에 털썩 주저앉더니.

부우우우웅!

두 손에 새하얀 한기(寒氣)를 일으키더니 그대로 한빙주를 감쌌다.

"비, 빙공?"

이 젊은 놈의 고절한 검초를 온몸으로 체험한 마당이었다.

한데 검수(劒手)가 빙공이라?

그러나 놀라기는 아직 한참 일렀다.

무뚝뚝한 얼굴로 술을 건네고 있는 조휘.

술병을 받아 든 흑의 노인이 잠시 멍한 표정을 짓다 곧 술병을 들이켰다.

그렇지 않아도 축축한 날씨 탓에 술 한 모금이 간절했던 것.

"크옥! 허! 허억!"

그윽하고도 청량한 주향이 차가운 한기를 만나자 그 맛이 천하의 일품이었다.

흑의 노인은 도저히 믿기지 않는다는 듯 연신 술맛을 확인하고 있었다.

이런 맛있고 시원한 술은 생전 처음!

"아니! 이 어른이! 그걸 혼자 다 먹으려고요?"

"아, 미안하네."

"거 죄송하긴 저도 마찬가지라. 한번 봅시다."

조휘가 흑의 노인의 상처를 살피려 하자.

"아닐세. 괜찮네. 이 정도는 상처라 할 수도 없지."

조휘는 사양하는데 계속 권하는 성격은 아니었다.

"그럼 약이라도 바르시죠. 제법 좋은 겁니다."

이 총관이 챙겨 준 봇짐 속에는 없는 것이 없었다.

조휘가 내민 금창약을 받아 든 흑의 노인이 이번에는 사양하지 않았다.

곧 그가 묵묵히 상처를 살피며 입을 열었다.

"자네는 당가를 잘 아는가?"

조휘가 고개를 가로저었다.

"아뇨. 잘 모릅니다."

그 말에 흑의 노인이 고개를 갸웃거렸다.

당가의 비밀이라고 할 수 있는 독인의 존재도 아는 놈이 당가를 모른다?

"잘 모르지만 그들에게 부탁을 해야 하는 입장이긴 하죠."

"……부탁?"

조휘의 얼굴이 침중해졌다.

"네. 전 천빙령이 필요하거든요."

"천빙령?"

흑의 노인도 천빙령의 존재는 잘 알고 있었다.

천빙령은 당가삼신기(唐家三神器) 중에서도 그 유명한 멸혼독(滅魂毒)을 제조하는 데 쓰이는 재료였다.

흑의 노인이 씁쓸한 표정으로 고개를 가로저었다.

"아마 불가능할 것이네."

"왜죠?"

흑의 노인이 더욱 착잡해진 눈으로 서쪽을 바라보고 있었다.

"그 옛날 함부로 독벽(毒壁)에 도전했다고 삼남(三男)의 사지근맥과 거근을 자르고 독혈까지 봉한 자가 현 세가주의 할아비라네."

"허……!"

문파의 비술을 회수한다는 명분이라면 독혈과 사지근맥까지는 이해가 된다.

한데 거근을 자르다니?

그것은 밖에서 씨도 뿌리지 말라는 소리다.

그 살벌한 처사에 조휘는 당장 욕이 튀어나왔다.

"와 씨 진짜 개새끼들이네."

"갈!"

그런 험한 일을 당한 마당에 가문에 무슨 미련이 있다고 당가를 욕만 하면 저리도 화를 내는 건지.

"어쨌든 포기하게. 차라리 북해를 직접 방문하는 것이 더 빠를 걸세."

조휘가 묘한 웃음과 함께 봇짐 속에서 한빙주 한 병을 더 꺼내며 입을 열었다.

"한 병 더 드리죠."

"고, 고맙네."

조휘는 한빙주를 건넨 후 쉬지 않고 흑의 노인에게 이것저 것 질문을 해 댔다.

당가 역사상 최고의 기재라 불리며 독벽(毒壁)에까지 도전 했던 절대독인(絶大毒人)의 후보 당인상(唐人上)은 그렇게 조휘에게 모든 정보를 탈탈 털리고 있었다.

나이가 지천명(知天命)쯤에 이르면 누구나 스스로의 삶을 기구하다 여기게 된다.

연세 꽤나 잡수신 어른들이 내 인생을 소설로 쓰면 몇 권은 된다느니 하는 소리는 조휘 역시 현대에서 흔히 듣던 말이었다.

하지만 이 흑의 노인, 당인상(唐人上)의 인생은 진정으로 기구했다.

강호에서 독과 암기를 쓰는 자들은 상대하기 무척 까다롭고 위험한 자들로 분류된다.

하지만 그들의 한계는 명확했는데, 그것은 바로 소지할 수 있는 독과 암기의 양이 한정되어 있다는 것이었다.

145

일대일 생사결전의 경우는 문제될 것이 없었다.

허나 집단 난전에서 고군분투하다 더 이상 뿌릴 암기와 독
이 없다면?

비참하게 죽거나 도망갈 수밖에 없는 것이다.

당가는 이를 해결할 수 있는 방법을 오랫동안 고민해 왔다.

결국 그들이 찾은 것은 체내의 피를 독화(毒化)시켜 독인
(毒人)이 되는 방법이었다.

그러나 이 방법은 실로 간단치 않았다.

오랜 세월 극독을 음용하며 중독을 버틴다는 것은 한 인간
이 버틸 수 있는 고통이 아니었다.

매일매일 반복되는 엄청난 고열.

온몸의 장기가 썩어 문드러지는 듯한 고통.

최소 십 년이 넘는 시간 동안 이를 버틴다는 것은 탈인간급
의 체력과 극한의 정신력 없이는 결코 불가능한 것이었다.

또 다른 문제는 돈(金).

독을 제조하는 데 쓰이는 재료들은 이루 말할 수 없이 희귀
했다.

당연히 그런 독을 매일매일 공급해야 하는 당가 입장으로
서는 독인의 후보를 선정하고 양성하는 데 엄격한 기준을 적
용할 수밖에 없었다.

그래서 당가는 한 대(代)에서 독인의 후보를 두 명 이내로
제한했다.

안타깝게도 당인상은 그 후보에 끼지 못했다.

독인의 후보에 선정된 자들은 다름 아닌 그의 배다른 두 형인 당천상과 당지상.

당가 역사상 최고의 기재라는 찬사와 기대를 받고도 모종의 정치적인 이유로 독인의 후보에서 배제된 것이다.

하지만 기연은 하늘이 점지한다고 했던가.

당가의 대표적인 극독인 여당홍(麗唐紅)의 재료 독지주.

과거 당인상은 그런 독지주를 얻기 위해 남만의 개암묘굴로 출정했었다.

한데, 당인상을 기다리고 있는 것은 독지주가 아니라 인면지주(人面蜘蛛)였다.

독지주가 홀로 수천 년 묵으면 인격이 형성되어 영성(靈性)을 띠게 되는데, 그 얼굴이 마치 사람의 생김새와 비슷하다 하여 인면지주라 불렸다.

장장 사흘이 넘게 이어진 엄청난 사투.

함께 출정한 당가의 고수들이 모두 죽고 당인상 역시 회복 불가의 상처를 입어 틀림없이 죽었다고 여긴 그때, 마침내 인면지주가 쓰러졌다.

죽음의 이르러 본능적으로 베어 문 인면지주의 목덜미.

수천 년 묵은 인면지주의 내단과 독액이 그대로 당인상의 체내에 쏟아졌다.

장장 삼 개월 동안 이어진 융해.

그동안 그는 독인을 넘어 절대독인 직전의 경지인 독벽(毒壁)을 돌파하기에 이르러 있었다.

한데 그때, 선발대의 생사를 확인하기 위해 당가의 고수들이 개암묘굴로 들이닥쳤다.

그들이 처음으로 본 것은 인면지주의 독액에 의해 본래의 형태도 알아보지 못할 정도로 부식된 당가 고수들의 시체와 동굴의 중심에서 가부좌를 하고 있는 당인상이었다.

이로 빚어진 오해.

당인상의 배다른 형들은 모든 죄를 그에게 뒤집어씌웠다.

그로써 당인상은 인면지주를 가문으로 회수하지 않고 독식한 자, 그 파렴치한 일을 숨기기 위해 가문의 혈족들을 모두 죽여 입막음한 폐륜아가 되어 버린 것이다.

당인상은 모든 일을 사실대로 고하고 자신의 경지가 독벽에 이른 것은 기연이었다며 수차례 항변했지만 철저하게 묵살되었다.

결국 당가는 자신들의 최고 기재에게 파문이라는 극형을 선고했다.

욕망에 눈이 멀어 혈족을 모두 죽이고 가문의 재산을 홀로 독식한 자.

그렇게 절대독인이 되어 본들 그 어떤 당가인이 그를 인정할 수 있단 말인가.

배다른 형인 당천상은 손수 절대독인의 상징인 절대독룡

포를 지어, 사지근맥이 잘린 채 기어서 가문을 나가는 당인상
에게 입혀 주며 낄낄거렸다.

"와 인성 무엇…… 사람 새끼 맞나요?"

자신에게 일어난 일인 양 조휘는 열불을 내고 있었다.

그야말로 술이 다 깰 지경.

아니 아무리 시기와 질투에 눈이 멀기로서니 독벽에 이른
가문의 초고수를 축하해 주지는 못할망정 사지를 찢어 쫓아
내다니!

허나 당인상의 얼굴은 한없이 담담했다.

골수에 치민 그 한(恨)조차 오랜 세월 앞에서는 희미하고
무력했기 때문.

조휘는 그의 문드러진 양 손목을 바라보며 아무런 위로의
말도 건넬 수 없었다.

절대독인을 목전에 두고 모든 것을 잃어버린 그의 상실감
을 그 어떤 말로 위로해 줄 수 있단 말인가.

"그런데 도대체 그 옷은 왜 계속 입고 다니는 겁니까?"

절대독룡포(絶大毒龍袍).

수십 마리의 독사와 독룡이 휘감긴 절대독인을 상징하는
무복.

허나 당인상에게는 그저 모략과 비웃음, 간교함과 배신의
상징일 터였다.

"이 옷은 내게 허락된 유일한 당가(唐家)일세. 이 옷마저

벗는다면 그 삶에 무슨 의미가 있겠는가."

처연하게 웃고 있는 당인상.

그 진지한 얼굴, 그 처절한 삶의 몸부림에 조휘는 진정으로 가슴이 시려 왔다.

누군가의 삶을 반추하면서 이토록 가슴이 아팠던 것은 조휘로서도 처음 있는 일이었다.

"가죠. 당가로."

"허허……."

조휘가 자리를 박차며 벌떡 일어나는데도 그저 허허로운 웃음만 흘리고 있는 당인상.

"소용없다지 않았는가."

"뭘요? 뭐가 소용없는데요?"

당인상이 나직이 고개를 가로젓는다.

"내게 뭔가를 기대하고 있겠지만 난 보다시피 파문제자네. 아무런 도움도 줄 수 없으이."

조휘가 씨익 웃었다.

"가문의 명예를 지키기 위해서는 잔악한 독수(毒手)도 마다하지 않는 자, 뭐 별로 마음에 들지는 않지만 충분히 소문의 그 '당가'입니다."

"……."

"어르신은 아직도 여전한 당가라고요."

순간 조휘의 그 말에 당인상은 얼굴이 붉어지며 뜨거운 눈물을 흘린다.

평소 누군가에게 인정받고 싶은 마음은 굳이 없었다.

허나 상대는 화경에 이른 강호인.

그런 고절한 무인에게 인정을 받을 수 있다는 것은 또 다른 감회이자 격동이었다.

"이 늙은이를 더 한심하게 만들 참인가."

조휘가 답답하다는 듯 가슴을 쾅쾅 치며 말했다.

"하! 그냥 저들에게 보여 주세요."

"뭘 말인가?"

조휘의 두 눈에 새하얀 백광이 찰나처럼 스쳐 지나갔다.

"파문(破門)으로도 결코 무인의 혼(魂)과 긍지(矜持)를 말살할 수 없다는 것을 그들에게 보여 주란 말입니다."

우두커니 서서 석상처럼 굳어져 버린 당인상.

조휘의 그 한마디.

그 말에 지옥과도 같았던 자신의 지난 세월이 모두 무너져 내리고 새로운 세상이 찾아왔다.

그것은 그의 처절한 인생에 있어서 위로 이상의 깊이 있는 울림이었다.

◆ ◈ ◆

당가타(唐家陀).

첨탑처럼 무수히 솟아오른 전각 무리를 조휘는 기이한 눈초리로 응시하고 있었다.

"햐, 지독하네."

구릉에 서서 한눈에 바라본 당가타는 마치 요새와도 같았다.

마치 성벽처럼 거대한 담벼락이 당가타 전체를 둘러싸고 있었다.

그 위를 날카로운 기도의 무사들이 물샐틈없는 체계로 사방을 감시하고 있었다.

그 살벌한 모습은 '철권왕의 장원'이나 '제왕의 남궁세가'와는 비교조차 되지 않았다.

"그래 봤자지."

피식 웃다가 그대로 가부좌를 트는 조휘.

그렇게 갑자기 조휘가 운기행공을 하려 하자 당인상의 얼굴이 당혹감으로 가득 물들었다.

"설마 홀로 당가와 싸우기라도 하겠다는 건가?"

조휘의 미소가 더욱 진해진다.

"이건 이미 그 효과가 검증된 방법이거든요. 지켜보시면 알게 될 겁니다."

곧바로 두 눈을 반개하는 조휘.

점점 그의 몸 주위로 새하얀 기의 포말이 너울거리기 시작하자 당인상이 경악했다.

"진무화(眞武花)!"

신비로운 백색의 아지랑이.

피어올라 흩날리는 그 경이의 포말들은, 당인상에게 있어서는 일종의 감동이었다.

이 젊은이의 경지는 진실로 화경이었다.

전신혈맥이 단전화되어 공단이 되는 경지.

단순히 노력만으로는 결코 이룩할 수 없다는 깨달음의 극한 화경이다.

저토록 어린 나이에 어떻게?

지닌바 재능이 얼마나 뛰어나길래?

그러나 그의 놀람은 아직 시작에 불과했다.

"부서지면 당가주가 가장 열받아 할 만한 곳이 어딜까요?"

어느새 일주천을 마친 조휘가 구릉 아래를 쳐다보고 있었다.

"그, 그게 무슨 소린가?"

"저기 저 많은 전각들 중에 뭐 독이나 암기를 가득 쌓아 놓은 창고나 가문의 보물을 모아 둔 그런 곳 없습니까?"

한껏 의문이 떠오른 눈으로 대답하는 당인상.

"당가의 구중심처라면 독룡장이 으뜸이긴 하네만……."

"독룡장(毒龍莊)?"

"당가의 모든 독과 암기를 제조하는 곳이라네."

조휘는 곧바로 안력을 돋워 당가타를 깊게 살피기 시작했다.

"오호! 저기군요!"

동서남북 사방(四方)의 첨각 위에서 똬리를 틀고 있는 독

153

룡들.

저 멀리 보이는 거대하면서도 칙칙한 한 전각을 바라보며 조휘는 그곳이 독룡장이란 것을 한눈에 파악할 수 있었다.

"맞네. 한데?"

그때였다.

쿠쿠쿠쿠쿠쿠쿠.

거칠게 진동하는 대지.

그렇게, 막대한 기파(氣波)가 조휘의 몸에서 흘러나오기 시작한다.

"아아!"

강력한 충격파에 당인상의 두 눈이 믿을 수 없다는 듯 부릅 떠졌다.

마치 천재지변처럼 구릉 전체를 휘몰아치는 엄청난 기의 파동!

이런 존재감은 당인상의 인생, 그 긴 세월 동안 단 한 번도 경험하지 못한 종류였다.

한 인간의 몸에서 흘러나온 기운이 어찌 이토록 광대무변할 수가 있단 말인가?

'설마?'

이것이 그 말로만 듣던 절대의 무혼(武魂)?

그의 짐작을 두 눈으로 확인하는 데는 그다지 긴 시간이 필요하지 않았다.

그때, 반개하고 있던 조휘의 두 눈이 번쩍 뜨여졌다.

시리토록 투명한, 소름 끼치도록 새하얀 백안(白眼).

"허억!"

한 인간의 무혼이 눈빛에 아로새겨지는 경지.

그 명백한 절대(絶大)의 증거 앞에서 당인상은 기함하고 또 기함할 수밖에 없었다.

꿈에서조차 소원해 마지않았던 경지, 절대독인!

그와 동등한 경지를 이 청년이?

순간, 눈부신 광휘와 함께 조가철검이 휘영청 떠오른다.

쐐애애애애액!

곧 검(劍)은, 엄청난 거리를 좁히며 빛살처럼 나아가더니 광대무변한 기운을 꿀렁꿀렁 쏟아 냈다.

의형지도(意形之道).

이기어검술(以氣馭劍術).

창궁무애검(蒼穹無涯劍) 후이식(後二式).

창궁용조검절(蒼穹龍爪劍絶).

새하얀 섬광을 일으키며 나타난 거대한 발톱!

세상에 현신한 제왕의 발톱은 그대로 독룡장 전체를 짓이 겼다.

콰콰콰콰콰쾅!

창궁용조검절의 막강한 검력, 그 제왕의 힘은 마치 피조물을 짓이기는 파괴의 신처럼 잔학하기 그지없었다.

단 일검(一劍).

저 거대한 독룡장이 단 일검에 의해 참혹하게 무너져 내리고 있었다.

오랜 세월 동안 풍진강호를 살아오며 더 이상 겪을 경험이 없다고 생각한 당인상이었다.

한데 너무나도 충격적인 장면이 펼쳐지고 있었다.

와르르르르!

통째로 무너지고 있는 독룡장.

한데 가슴 속에서 피어나는 이 열꽃과도 같은 쾌감은 또 뭐란 말인가.

텁!

어느새 조가철검을 회수한 조휘가 차가운 얼굴로 구릉 아래를 쳐다보고 있었다.

"독룡장 말고는요. 그다음은 어디죠?"

갑작스런 급습에 어지럽게 뛰어다니며 적을 찾는 당가의 무사들.

그러나 그들은 적이 이토록 멀리 있다는 것을 결코 눈치채지 못할 것이다.

당인상은 이 모든 것이 한 인간의 신위라는 것을 도무지 믿을 수 없었다.

이것이 절대.

그 위대한 이름의 실체였단 말인가.

"그다음은 아마도 영비각(永秘閣)이겠지. 당가의 모든 역사와 비술이 그곳에 있네."

조휘는 묵묵히 당인상의 시선을 쫓아 따라갔다.

"음. 어딘 줄 알겠습니다."

조휘가 흡족한 얼굴로 고개를 끄덕였다.

일름보 하나 제대로 구해 버렸다.

영비각을 향해 검을 곧추세우던 조휘가 별안간 검을 다시 회수했다.

'가만?'

생각해 보니 처음에야 기습적인 일격이라 자신의 이기어 검에 담긴 검식을 제대로 살피지 못했을 것이다.

한데 두 번째부터는 다르다.

당가 역시 강호의 무파(武派)이자 오대세가의 일원.

이제부터는 공격에 대비할 것이고, 이는 조가철검에 담긴 제왕의 검력을 결국 알아본다는 의미였다.

그것은 불필요한 분란을 자초하는 꼴이었다.

그렇다고 천검류의 검식을 쓸 수는 없었다.

강서성에서 흑천련을 공격할 때 이기어검에 천검류의 검식을 담았다가 그 탈력감에 기절할 뻔했던 마당이었다.

천검류는 강호의 검식과는 궤를 달리했다. 소모되는 내공과 정신력, 의념의 총량 자체가 차원이 다른 것이다.

'이러면 곤란한데.'

이기어검 뒤치기(?) 후 협상 전략은 가장 빠르게 목표를 달성할 수 있는 지름길이었다.

이미 강서에서 그 강력한 효과가 입증된 마당.

천빙령을 내놓지 않는다면 계속 전각을 부수겠다고 협박하면 지들이 버틸 수가 있겠는가?

그러나 흑천련의 때와는 다르다.

같은 오대세가를 공격하면서 남궁세가의 무공을 펼칠 수는 없는 노릇.

아쉽지만 이 방법은 더 이상 사천에서 쓸 수가 없었다.

검식을 출수하다 말고 생각에 골몰하는 조휘가 의아했던 당인상이 조심스럽게 입을 열었다.

"왜 그러는가?"

"아, 별거 아닙니다. 이 근처에 괜찮은 객잔 하나 소개시켜주시죠."

"객잔?"

옷을 툴툴 털던 조휘가 먼저 앞서 걸어가며 손을 휘휘 저었다.

"생각 좀 정리하려고요."

무림맹 총군사 제갈찬휘는 밝은 사람이었다.

그는 아무리 업무량이 많고 골머리를 썩는 일이 생기더라도 늘 군사부(軍師部) 부하들을 위로할 줄 아는 사람이었다.

또한 그는 맹주와 그 휘하의 수뇌부들과 거칠게 의견 충돌을 하면서도 인상 하나 찌푸리는 일이 없었다.

오히려 끝까지 자신과 충돌했던 자들에게 일일이 찾아가 또 한 번 설득하고 때론 사과하는 그 모습은 마치 불자(佛者)를 방불케 했다.

오랜 세월 그를 지켜본 부하들은 그를 지극히 존경했다.

언제 어디에서도 여유를 잃지 않으면서도 엄청난 지혜로 맹을 이끄는 자.

한데, 그런 그가 이처럼 당혹해하고 있었다.

"이, 이런 미친 놈!"

그의 입에서 이처럼 거친 욕설이 흘러나온 적이 언제 또 있었단 말인가.

내려 읽어 가는 서찰, 그 보고서 속 내용은 너무도 황당했다.

'내 당장 영(英)이 이 녀석을!'

제갈영은 뛰어난 학식과 무공으로 최연소 내원주의 자리에 오른 녀석이다.

그래서 너무 오냐오냐했을까?

운(雲)이 놈의 객기를 말리러 간 녀석이 오히려 함께 동조하고, 그것으로도 모자라 내원주라는 막중한 직무를 내팽개치고 강서에서 돌아오지도 않겠단다.

게다가 뭐?

가문의 모든 금화를 강서로 보내라?

그래 봐야 한낱 상단에 불과한데 거기에 가문의 모든 재화를 쏟아붓겠다고?

그러나 곧 제갈찬휘는 서찰을 내려 읽으면 읽을수록 자신의 생각이 조금씩 바뀌고 있음을 인정해야만 했다.

강서성에서 펼쳐지고 있는 조가대상회의 활약.

제갈영은 그 활약상을 꼼꼼하게 설명해 놓았고 이는 제갈찬휘에게도 점점 놀라움으로 다가갔다.

'그 흑천련의 영역을 비집고 들어가 포양호의 절반 이상이나 차지했단 말인가?'

흑천련이 어떤 놈들인가?

그야말로 돈에 환장한 금귀(金鬼) 같은 놈들이다. 그런 자들이 자신들의 이권을 아무 마찰 없이 곱게 나눠 줄 리가 없었다.

그 말인즉 조가대상회의 회장이라는 작자에게 남다른 뭔가가 있다는 뜻.

그것이 실력 행사가 됐든 협상이 됐든, 흑천련의 수뇌부들을 움직일 만한 강력한 동기가 없었으면 결코 그런 수완을 부릴 수가 없는 것이다.

'남궁……'

분명 조가대상회는 남궁의 권역 안에 있는 상단이라고

했다.

이 서찰의 내용이 진정으로 사실이라면 남궁세가가 일개 가문의 힘으로 안휘를 넘어 강서의 절반을 차지했다는 소리지 않은가?

이 일이 고착화된다면 더 이상 남궁은 세가(世家)가 아니었다.

남궁회(會)나 남궁맹(盟)쯤으로 불러야겠지.

이는 맹의 통제를 벗어난 심각한 사안이었다.

구파일방과 오대세가가 다 함께 모여 맹(盟)을 이룰 수 있는 근본적인 이유는, 정도(正道)라는 강력한 연대감과 동시에 철저한 균형이 전제되었기 때문이다.

남궁세가가 이를 무시하고 세력을 확장하여 두 개의 성(省)을 차지한다면 이 균형이 무너진다.

소림과 무당, 화산이 힘이 없어 세력을 확장하지 않는 것이 아니기 때문.

맹의 입장에서는 결코 좌시할 수 없는 문제였다.

가주이신 형님께서 왜 이 서찰을 굳이 자신에게도 보냈는지 이제야 이유를 알 것 같았다.

강서의 은봉령주도 더 이상 소식을 전해 오지 않고 있다.

왠지 모르게 모든 것이 불길했다.

제갈찬휘가 서찰을 손에 쥐고 맹주전으로 향했다.

◆ ◈ ◆

때 아닌 천마성(?)의 급습을 맞이한 당가타는 분주했다.

무너져 내린 독룡각을 쳐다보고 있던 당가의 수뇌부들은 한결같이 당혹해하고 있었다.

"……폭약인가?"

목격담에 따르면 새하얀 빛살과 엄청난 폭음이 들려오며 독룡각이 으깨졌다고 한다.

아무리 이들이 강호의 무인이라고 하나 그와 같은 현상을 일으킨 것이 무공(武功)이라고는 단번에 생각할 수가 없었다.

태상가주(太上家主) 당천상의 물음에 현 당가주인 당무호가 나직이 고개를 가로저었다.

"폭약이었다면 폭흔이 남아 있었을 겁니다. 폭흔은 발견되지 않았습니다."

태상가주 당천상의 날카로운 눈매가 꿈틀거렸다.

"폭약이 아니다?"

한껏 의문 어린 표정으로 무너져 내린 독룡각을 다시금 훑어보는 당천상.

단 일격에 저만한 파괴력을 낼 수 있는 힘이 폭약이 아니라면 남은 것은 단 하나, 강기(罡氣)다.

오직 강기만이 눈앞에 펼쳐진 이 현상을 설명해 줄 수 있었다.

그렇다면 천마성의 주교급 마두가 쳐들어왔다는 뜻인데 어떻게 적을 발견한 자가 아무도 없단 말인가?

아무리 고절한 마공을 지닌 마두라고 해도 이토록 철저하게 방비하고 있는 곳을 제집 드나들듯 할 수는 없는 노릇이었다.

'내부의 적인가?'

간자를 의심해 보려고 해도 마뜩치가 않았다.

당가는 철저한 폐쇄성으로 유명한 곳. 당가의 역사 이래 간자(間者)는 단 한 번도 발견된 적이 없었다.

만약 간자가 존재한다고 해도 강기를 발현할 수 있는 화경의 고수라면 주머니 속의 송곳처럼 반드시 드러나게 되어 있었다.

특히나 당문의 고수라면 반년마다 열리는 독룡회(毒龍會)를 결코 피할 수 없었다.

그때 수뇌부들은 제자들의 성취를 가늠하기 위해 독공으로 내부를 살펴본다.

당가는 그런 독룡회를 통해 제자들의 실력을 확인하고 위계를 정하며 내부를 결속시켰다.

"피해는 얼마나 되느냐."

"경미합니다. 어차피 완성된 모든 독(毒)은 은강병(銀鋼瓶)에 보관하지 않습니까. 여당홍을 제조하기 위해 담아 둔 독수(毒水) 몇 독 깨진 것이 전부입니다. 독룡각이야 다시 세우면 그만입니다."

163

큰아들의 그런 설명에도 당천상은 마음이 개운해지지가 않았다.

피해가 경미하다고 해도 이것은 기본의 문제였다.

천마성의 급습에 아무런 대비도 못 했다는 점과 적의 정체조차 파악하지 못한 것은 차후에 크나큰 위기로 닥칠 수 있는 문제.

"일단 가문의 모든 독수(毒手)들을 모아라."

아버지의 그런 명령에 당가주 당무호가 강렬한 눈빛을 빛냈다.

"간자가 있다면 은밀히 처리할 일입니다. 제가 알아서 해결하겠습니다."

당천상의 미간이 꿈틀거린다.

"감히 애비의 명을 거역할 셈이냐?"

허리를 숙이고 있던 당무호가 가늘게 몸을 떨었다.

원로원의 결정에 의해 태상가주로 물러난 아버지였지만 거의 수렴청정을 하다시피 가주의 권위를 무시하고 있었다.

덕(德)이 없는 자.

소싯적 아버지는 당가타의 모든 고수들이 보는 앞에서 기어가는 자신의 동생에게 절대독룡포를 입혀 주며 낄낄거렸다.

그 후 가주의 위(位)에 올라 보여 준 그의 행보도 별반 다르지 않았다.

지독한 편협함과 철저한 자기 사람 챙기기.

더구나 원로원의 눈치도 보지 않고 축첩(畜妾)을 일삼았고 가문의 재산을 쓰는 것도 독단적으로 행사했다.

결국 당천상은 원로원에 의해 반강제로 가주 직을 내려놓을 수밖에 없었고 이는 당가 역사상 최단 기록의 가주라는 불명예였다.

그런 열등감 때문이었을까.

사실상 명예직인 태상가주였지만 그는 진실로 태상(太上), 상왕처럼 굴었다.

"가문을 이끄는 자가 어찌 함부로 혈족과 수하들을 공개적으로 의심할 수 있겠습니까. 가문을 따르는 이들의 충심과 사기가 바닥으로 떨어질 것입니다."

"못난 놈! 백주대낮에 모든 방비가 뚫리고 가문의 심처가 타격을 당한 마당이다! 이 일을 제대로 해결하지 않고 넘어간다면 언제고 이와 같은 일은 또다시 일어날 터! 혈족들의 평판과 원로원의 후환이 두려워 일을 그르친다면 그 어찌 가주라 할 수 있겠느냐!"

마침내 당무호는 결심했다.

더 이상 가주의 권위를 향한 아버지의 수렴청정은 견딜 수가 없었다.

당무호가 품에서 오독령인(五毒令印)을 꺼내 들었다.

당가비전의 절대오독(絶大五毒)을 자유로이 행사할 수 있는 자는 당가주가 유일하다.

"불허(不許)! 독수들의 소집을 오독령으로 불허하겠소!"

가주의 권위를 앞세우는 갑작스런 아들의 행동.

그것은 당천상의 열등감에 더욱 불을 지피는 일이었다.

"이, 이런 오만방자한 놈! 감히 애비에게 그 알량한 오독령으로 반기를 든단 말이냐?"

알량한 오독령?

태상가주의 그 말에, 곁에 있던 혈족들은 한결같이 동요하는 기색이었다.

당가의 독룡포를 입고 있는 자가 오독령을 거부한다는 것은 당씨(唐氏)임을 부정하는 말이나 진배없었다.

당무호는 아랑곳하지 않았다.

"태상가주를 뫼셔라!"

"충!"

자신의 곁으로 독수들이 다가오자 당천상의 수염이 부들부들 떨리고 있었다.

"이, 이 불효막심한 놈이 감히!"

그때, 외원의 독수 하나가 혼비백산한 얼굴로 신법을 일으키며 다가오고 있었다.

"충! 가주께 보고드립니다!"

당무호가 신색을 바로하고 엄정하게 말했다.

"무슨 일이냐?"

"그, 그것이……."

외원의 독수는 연신 태상가주인 당천상의 눈치를 살피고 있었다.

"어서 말하라!"

뭔가 일이 터지긴 터진 모양이었다.

"독조 어른…… 아, 아니 당인상이 찾아왔습니다!"

그 순간 당천상의 얼굴이 야차처럼 참혹하게 일그러졌다.

"독조(毒祖)?"

아직도 당인상을 사사로이 흠모하며 감히 파문제자를 독조 운운하는 놈이 있다고 들었다.

그 옛날 절대독인에 근접했던 그는 많은 독수들의 우상이었던 것.

당천상이 외원의 독수를 마치 죽일 듯이 노려보며 입을 열었다.

"감히 파문당한 놈을 독조 운운하다니! 네놈은 당가의 위계와 법도가 우스운 것이냐?"

"죄, 죄송합니다! 죽여 주십시오!"

"오냐! 내 네놈에게 손수 당가의 법도를 일러주겠다!"

"……."

그렇게 당천상이 외원의 독수에게 출수하려고 하자 당무호는 다시금 수하들을 재촉했다.

"어서 모셔 가지 못할까!"

"존명!"

"충!"

가주 직속의 독수들이 자신의 두 팔을 구속하자 당천상이 눈빛에 점점 독기가 흘러나왔다.

"이 새끼들이! 감히 본 좌를! 이 태상가주를 욕보인단 말이냐! 네놈들이 지금 당장 할 일은 당가타에서 파문제자를 쫓아내는 일이다! 이것 놔라! 놓으란 말이다!"

그때, 당무호가 외원의 독수에게 명령했다.

"숙부님을 만나겠다."

"뭐, 뭣이!"

기절할 듯 두 눈을 부릅뜨고 있는 당천상.

갑자기 그의 태도가 일변했다.

"가주! 이건 말이 안 되는 일이오! 어찌 파문제자를 다시 가문의 안뜰로 들인단 말이오!"

가주를 향한 갑작스러운 공대(恭待).

사사로이는 아들이지만 염연한 가주다.

일이 자신의 뜻대로 되지 않자 아들이 내민 오독령인의 권위를 인정하고 있는 것이다.

허나 반개한 당무호의 눈빛에는 일말의 동요도 없었다.

자신의 숙부가 처참하게 사지가 찢겨 기어가는 그 모습이 아직도 눈에 선했다.

그것은 어린 나이의 당무호에게 너무나도 큰 충격이었다.

"어서 숙부를 뫼셔라!"

"흥!"

그렇게 차 한 잔 마실 시간이 지나자 저 멀리서 두 인영(人影)이 눈에 들어왔다.

당당히 당가의 절대독룡포를 걸치고 있는 노인.

그러나 세월의 풍상 앞에서 그는 힘없는 노인네에 불과했다.

희미하게 웃으며 고개를 끄덕이고 있는 당인상.

당무호가 눈시울을 붉히며 예를 표하고 있었다.

"숙…… 부님…….."

당인상이 감회 어린 눈으로 당가타를 둘러보고 있었다.

산의 비탈면을 깎아 독초를 재배하고 있는 암초전(暗草田).

독공의 수련을 마치고 돌아온 독수들이 연기로 몸을 소독하는 목연터(木煙場).

담벼락 응달에 낀 정겨운 이끼들과 그 아래에 소담스럽게 핀 초아홍까지.

기십 년이 지났지만 가문의 모든 것은 그대로 남아 있었다.

꿈에서도 그리워했던 곳.

그렇게 당인상은 뜨거운 감흥이 밀려왔지만 결코 내색하지 않으며 담담한 얼굴을 하고 있었다.

형이, 저 당천상이 자신을 보고 있었기 때문이다.

"도대체 그 꼴은 뭐냐? 여기가 어디라고 다시 찾아온 게야!"

충혈된 눈으로 발악하듯 외치고 있는 당천상.

당인상은 그런 형을 물끄러미 바라보았다.

"형님께서 손수 지어 주신 옷이지 않소. 그런 형제의 우애를 어찌 벗을 수 있겠소이까."

"……."

당인상이 당가의 당대 가주, 옛 조카를 바라보며 흐뭇하게 웃었다.

"나는 오늘 당가(唐家) 일족의 자격으로 방문한 것이 아니오 형님."

"……그럼 무슨?"

조휘가 빙그레 웃으며 당무호에게 포권했다.

"안녕하십니까? 조가대상회의 조휘라고 합니다. 이렇게 만나 뵙게 되어 영광입니다."

당무호는 조휘의 인사에 마주 포권하고 있었지만 왠지 모를 거리낌이 얼굴에 드러나 있었다.

조가대상회?

당가주가 한낱 상인을 마주한 것은 당가의 특성상 매우 드문 일이었다.

당무호는 조휘를 향한 시선을 거두며 자신의 숙부를 쳐다보았다.

"숙부님. 그간 어디에 계셨단 말입니까. 천독령의 제자들이 얼마나 오랜 세월 숙부님을 찾아다닌 줄 알고는 계십니까?"

"뭣이!"

소스라치게 놀라는 당천상.

당가의 최고 정예라 할 수 있는 천독령(天毒鈴)의 제자들이다. 그놈들조차 당인상을 흠모해 왔단 말인가!

부들부들.

저 빌어먹을 놈의 그림자는 아무리 지우려고 노력해도 지워지지 않는다.

그렇게 오랜 세월 잊고 있었던 열등감의 그림자가 또다시 당천상을 집어삼키고 있었다.

"이, 이것 놔라! 날 잡을 것이 아니라 당장 저 파문제자를 구속하는 것이 너희들의 임무이자 가문의 법도다!"

"거참. 당가의 일원으로 찾아온 것이 아니래두 그러시네."

갑작스런 조휘의 음성에 당천상은 더욱 발광했다.

"당가타의 담은 장사치 따위가 넘을 수 있는 곳이 아니니 썩 꺼지거라!"

"뭐래. 가주도 아니면서."

조휘가 피식 웃으며 당천상을 무시하더니 다시 당가주 당무호에게 시선을 돌렸다.

"당가의 철광원석을 사고 싶습니다."

"……철광원석?"

풍부한 철의 대지 사천(四川).

사천에는 질 좋은 철광석을 캘 수 있는 노천광산이 널려 있었다.

본디 광산은 제국에서 관리하는 것이 황법이나 사천의 험한 지형적 특성과 성도에서 멀다는 이유로 대부분의 광산을 당가 일족이 위임 운영하고 있었다.

말이 위임 운영이지 사실상 사천의 광산 대부분이 당가의 재산이나 다름없었다.

그것이 바로 사천당가가 별다른 사업을 하지 않고도 폐쇄적으로 가문을 운영할 수 있는 원동력이었다.

"불가(不可). 철광원석이나 주괴를 상인에게 판 예는 지금까지 없소. 전량 황실과 장군부에 납품하는 것이 우리의 오랜 원칙이니 돌아가시오."

조휘가 고개를 갸웃거렸다.

"거 이상하군요."

갑자기 품에서 책자를 꺼내는 조휘.

곧 조휘가 책자를 줄줄 읽어 내려가자 당무호의 안색이 점점 딱딱하게 굳어진다.

"작년 중양절 전후로 무림맹에 철검 완성품 이천 자루, 강철주괴 칠만 근 운반하셨네요. 음? 소림에 철주(鐵珠) 구천 근은 또 뭡니까? 어? 상단과의 거래도 있는데요?"

"……."

"도강언(都江堰)의 적호상단에게 강철주괴 이만육천칠십 근!"

맹과 소림에 납품한 철이야 양이 양이니만큼 소란스럽게 운반할 수밖에 없었으니 알고 있는 것이 놀랍지는 않았다.

강호방파에게 철과 병장기를 보내는 것은 관에서도 눈감아 주는 편.

하지만 민간과의 거래만큼은 관에서 확실히 제재를 하고 있었기 때문에 적호상단과의 거래는 지극히 은밀하게 진행한 터였다.

그걸 알고 있다는 것만으로도 놀라운데 그 정확한 거래량까지 파악하고 있었으니 당무호로서는 기함할 일이었다.

그러나 세가를 이끄는 가주답게 그는 일말의 동요도 보이지 않고 무심한 얼굴로 서 있을 뿐이었다.

"그런 일 없소."

당가주가 태연자약하게 오리발을 내밀고 있었지만 조휘는 음흉하게 웃을 뿐이었다.

텃새 오졌던 사천의 정보상에게 비싼 값을 치르고 얻은 정보다.

정보상의 생명은 정보의 신뢰성.

이 정보가 틀릴 확률은 한없이 제로에 가까웠다.

이왕 이렇게 된 마당에 조휘는 결코 물러설 생각이 없었다.

안휘철방에서 소모되는 모든 철광원석은 곽구현의 철광을 소유하고 서주자사로부터 공급받고 있었다.

한데 강서로 진출한 조휘가 점점 막대한 양을 요구하기 시작하자 서주자사 방불여로서도 부담을 느낄 수밖에 없었다.

철방을 운영하고 있는 입장에서 원석 공급선의 다변화는

반드시 필요한 작업이었다.

뭔가 수틀려서 방불여가 원석의 공급을 중지하는 날에는 모든 것이 끝장이다. 철방의 운영이 불가능할 수도 있는 것이다.

순간, 조휘가 무너져 내린 독룡당을 응시했다.

"저거 누가 그랬는지 궁금하지 않으세요?"

"뭐라?"

묘한 얼굴로 팔짱을 끼고 있는 조휘.

"거래를 약속해 주신다면 흉수의 정체를 알려 드릴 수도 있는데."

순간 이를 지켜보던 당인상은 소름이 돋았다.

조휘의 엄청난 이기어검이 독룡각을 부수는 모든 광경을 지켜본 마당이다.

어찌 사람이 저리도 뻔뻔할 수가!

조휘는 그 깨달음의 극한, 피륙의 인간이 도달할 수 있는 최강의 경지라는 절대경을 이룩한 무인이다.

저토록 젊은 나이에 어떻게 그와 같은 경지를 이룰 수 있었는지 도무지 믿기 힘들 지경.

하지만 실력과 인성은 별개란 건가.

그때, 당가주 당무호가 눈짓하자 주변에 있던 모든 독수(毒手)들이 조휘를 에워쌌다.

"이건 또 무슨 뜻입니까?"

당가주 당무호의 두 눈에는 은은한 독기가 서려 있었다.

자신과 독대하여 거래하기 위해 오래전에 실종됐던 숙부를 데려온 것만 봐도 보통 약은 놈이 아니었다.

한낱 상인으로 치부될 인사가 아닌 것이다.

"무너져 내린 독룡각을 한 번 본 것만으로 흉수를 운운한다는 것은 네놈도 한통속이나 진배없다는 뜻. 감히 당가타의 안뜰에서 그런 흰소리를 늘어놓다니 진정 간이 배 밖으로 나온 놈이로구나."

그때 당인상이 나섰다.

"가주. 단도직입적으로 묻겠소."

당무호가 진득한 살기를 내려놓았다.

"말씀하시지요. 숙부님."

당인상이 당가타의 서쪽 담을 넘어 멀리 시진(市塵)이 있는 곳을 응시했다.

"조가대상회가 원하는 것은 정기적으로 달포에 오십만 근이상의 철광원석을 당가와 거래하는 것이오. 물론 값도 후하게 쳐주겠소. 시세의 두 배에 매입하지."

달포에 오십만 근?

그것도 정기적으로?

일 년으로 따지면 당가의 가장 큰 손님이라 할 수 있는 장군부에 납품하는 규모의 수십 배에 달하는 엄청난 양이었다.

그 엄청난 양을 시세의 두 배로 모조리 매입한다?

가문을 경영하는 입장에서는 꿀처럼 달콤한 제안이 아닐

수 없었다.

허나 그런 엄청난 양의 거래를 관(官)의 이목을 피해 유지하는 것은 결코 불가능했다.

엄청난 수레의 행렬이 매일매일 끝없이 이어질 것이다.

한데 그다음 말이 더더욱 놀라웠다.

"가진헌 장군을 설득하는 것은 우리 쪽에서 책임지겠소."

"예?"

명화대장군 가진헌.

사천성 군부의 절대 권력자인 그를 일개 상단이 책임지고 설득하겠다고?

무슨 본인들의 수완이 중원제일을 다투는 천화상단(天華商團)이나 만금상단(萬金商團) 정도쯤 된단 말인가?

"그 일은 이미 진행되고 있소."

사흘 전 조휘와 함께 사천장군부에 이미 다녀온 마당이었다.

그곳에서 그는 인간의 언변과 화술이 어느 정도까지 능수능란해질 수 있는지 그 모두를 지켜볼 수 있었다.

어느덧 조휘를 물끄러미 바라보고 있는 당인상.

저 젊은이는 괴물이었다.

그 고고하고 당당한 명화대장군을 단 이각여의 대화 만에 '형님'으로 만들어 버린 자.

조휘는 가진헌 장군에게 상고시대의 고문서들을 수집하는 취미가 있다는 것을 알아차리고는 곧바로 화제를 거기에 집

중했다.

상고시대의 문화와 역사를 깊이 있게 늘어놓는 조휘의 지적 수준은 놀랍기 그지없었다.

가진헌 장군은 한림원의 학사들보다 더 대단한 안목과 식견이라고 연신 침을 튀어 가며 조휘를 칭찬했다.

곧 조휘는 결코 가진헌 장군의 자존심을 건들지 않으면서 물 흐르듯 그에게 전표 다발을 쥐여 주기에 이르렀다.

밀도 있는 아첨과 사탕발림, 그 끝에 나오는 적절한 요구사항, 사람을 쥐었다 놨다 하는 그의 엄청난 화술은 가히 신기에 가까울 지경이었다.

전표 다발을 손에 쥔 채 '껄껄! 역시 아우는 통도 한번 시원하구나!'라며 호탕하게 웃고 있던 가진헌 장군.

사람이 사람에게 홀린다는 것이 바로 그런 것이리라.

조휘가 싱긋 웃으며 다시 입을 열었다.

"거래가 성사된다면 그 우애의 증표로 소량의 천빙령을 선물받고 싶습니다."

"……천빙령?"

천빙령은 천고의 보물이다.

당가의 입장에서도 그 양이 희소하여 철저하게 관리되고 있는 귀한 독의 재료.

그런 천빙령을 내놓는 명분이 고작 '우애의 증표'라!

가주 당무호는 어이가 없어 웃음이 터져 나올 지경이었다.

무림맹의 창고에서 천빙령을 빼내 오기 위해 당가가 내놓은 패가 무엇인 줄 안다면 과연 저런 헛소리를 늘어놓을 수 있을까?

당무호는 한편으로 호기심이 치밀었다.

"그럼 당신이 보여 줄 '우애의 증표'는 무엇이오?"

대답은 당인상이 했다.

"사천당가의 사백 년 비원(悲願)."

불처럼 이글거리고 있는 숙부의 두 눈을 바라보며 당무호는 한껏 의문을 드러냈다.

"그 무슨! 숙부님……?"

곧이어 당인상의 입에서 흘러나온 말에 주변에 있던 모든 독수들의 표정이 일변했다.

"천마성 사천지부의 멸(滅). 우리 조가대상회가 당가에게 건넬 우애의 증표요."

천마성 사천지부의 멸망을 약속한다?

그것이 한낱 상단의 힘으로 가능한 일이란 말인가?

"미친 소리!"

상대가 숙부라는 것도 잊고 거칠게 고함치고 있는 당무호.

그것이 장사치의 힘으로 가능한 일이라면 사백 년, 그 긴 세월 동안 당가가 흘린 피는 도대체 무어란 말인가!

그런 당무호를 바라보는 조휘의 눈은 한층 깊게 가라앉아 있었다.

"모든 군집된 인간은 반드시 명분과 신념에 의해 움직이는 법이죠."

"……."

조휘의 시선이 저 멀리 서쪽을 향했다.

"여기 사천지부에 모여 있는 성교…… 아니 마교도들의 명분과 신념은 뭘까요?"

천마성 사천지부는 어떤 경제 활동도 하지 않고 세력권만 유지하고 있었다.

신강(新疆)이 본거지인 그들이 아무런 이득도 생기지 않는 이 머나먼 사천 땅에서 사백 년 동안이나 막대한 힘을 소모하고 있는 이유는 무엇 때문일까?

"다들 알고 있으면서도 애써 외면하고 계시지 않습니까."

그런 조휘의 말에 당무호는 침묵할 수밖에 없었다.

당인상이 씁쓸한 얼굴로 서쪽의 석양을 바라본다.

"그들이 기다리고 있는 것은 재림(再臨)이지. 언제고 다시 저 서천의 석양을 등에 지고 천마(天魔)가 재림할 것이라는 믿음. 그들에게 사천은 그런 재림천마에게 바칠 권토중래(捲土重來)의 교두보. 그것이 그들이 흘린 피의 신념일세."

그 순간 모든 당가인의 두 눈에 독기가 흘러나왔다.

사백 년 피의 숙적, 그 빌어먹을 마교도 놈의 신념을 왜 우리가 알아줘야 하는가?

그저 마교도는 한 치의 땅도 양보할 수 없는 패악의 무리일 뿐이다.

한데, 조휘의 다음 말은 모두의 가슴에 더한 불을 지피기에 충분했다.

"한데, 왜 그들의 교두보가 청해(靑海)가 아니라 사천(四川)일까요? 중원으로 진출하기는 협곡과 악산이 사방으로 널린 사천이 아니라 감숙과 맞닿아 있는 청해가 훨씬 유리한데?"

조휘가 더 큰 소리로 말했다.

"마교도 놈들이 서장 무림인들과의 마찰을 감수하면서까지 왜 머나먼 서장을 돌아와 이 사천을 교두보로 삼냐 그 말입니다!"

당인상이 입을 열었다.

"사천당가가 청해의 곤륜(崑崙)보다 약하기 때문이지."

"숙부!"

당무호의 회한에 찬 외침!

조휘의 두 눈이 매처럼 빛났다.

"아니죠. 정확하게 말씀하셔야죠. 구파(九派)가 오대세가(五大世家)보다 강하기 때문입니다. 마교도들이 곤륜을 친다면 함께 천도(天道)와 선도(仙道)를 숭앙하는 도교의 문파들, 즉 무당, 아미, 화산 등이 모두 나서 줄 테니까요. 반면!"

별안간 조휘가 동쪽을 바라보며 비릿하게 웃는다.

"오대세가의 그 누가 당가를 도와주던가요?"

"……"

당가인이 편협해진 것은 사백 년 역사 속에서 그 어떤 도움도 없이 홀로 전선을 지켜 온 독심(毒心) 때문이었다.

"다시 소개하죠."

어느덧 장사치의 태를 벗고 무인의 기세로 돌아온 조휘.

"대남궁세가의 봉공(奉公) 조휘. 가주께 인사드립니다."

27 章.

27 章.

당무호는 피부까지 저릿저릿해지는 막강한 기운을 느끼면
서 소스라치게 놀라고 있었다.

방금 전까지만 해도 얄팍한 처세술의 장사치, 그 자체였
던 자.

한 인간의 분위기가 이토록 급변할 수 있다는 것이 도무지
믿기지 않을 정도였다.

강렬한 안광.

두 발로 우뚝 디딘 대지.

남궁세가의 봉공, 조휘라는 자에게서 느껴지는 강자의 기
도는 그만큼 강렬했다.

그의 말이 맞았다.

소림, 무당, 화산, 곤륜, 아미, 공동, 종남, 청성, 형산.

구파(九派)를 이루고 있는 모든 문파들은 오랜 역사와 전통을 지닌 불문(佛門)이나 도문(道門)이었다.

그들의 도교를 숭앙하는 역사와 전통, 그 동질성과 연대 의식은 오대세가와는 비교조차 되지 않을 정도로 깊고 단단했다.

일기화삼청(一氣化三淸)은 모든 도문의 뿌리.

대라천(大羅天)의 상합허도군응호원시천존(上合虛道君應號元始天尊)을 숭앙하고 모시는 마음이 어찌 서로 다를 수 있겠는가.

분명 조휘의 논리는 명확하며 치우침이 없었다.

청해의 곤륜이 천마성에게 짓밟힌다면 구파를 위시한 무림맹이 똘똘 뭉쳐 들고 일어날 것이다.

반면 사천당가의 위치는 어떠한가.

독과 암기를 쓰는 정파(正派)!

당가의 위명이 두려워 직접적으로 면전에다 얘기는 못 하겠지만 뒤로는 수군거리고 있다는 것을 당무호도 모르지 않았다.

또한 오대세가는 구파보다 훨씬 세속적이며 명예욕이 강했다.

강력한 연대보다는 천하제일가(天下第一家)라는 명예를 두고 서로 경쟁하는 심리가 더욱 큰 것이다.

남궁세가는 사마세가가 봉문을 풀지 않는 이상 사실상의

천하제일가.

한데 그런 남궁의 봉공이란 자, 조휘라는 이 인물이 지금 당가와의 연대를 제안하고 있는 것이다.

천마성 사천지부를 함께 멸(滅)하자!

하지만 의심스럽다.

당가는 단 한 번도 오대세가의 호의를 받아 본 적이 없었다.

"고작 철광원석을 거래하는 대가로 우리와 함께 피를 흘리겠다니? 그 말을 지금 믿으란 것이오? 물론 그대가 내세운 남궁세가의 봉공이라는 것 또한 미심쩍은 노릇이고."

한 세가의 봉공이란 위치는 때때로 원로원의 권위를 능가한다.

한데 저리도 새파랗게 젊은 자를 봉공의 위(位)에 봉했다?

보아하니 무공의 경지는 꽤 높아 보인다.

허나 단순히 무공만 강하다고 해서 남궁과 같은 고위세가의 봉공으로 봉해지지는 않는다.

봉공의 주요 요건은 인망과 덕, 그리고 가장 중요한 것은 명성.

남궁세가에 무슨 바보천치들만 있는 것이 아니고 이름 한 번 들어 보지도 못한 저런 자를 어찌 봉공으로 내세운단 말인가.

"속고만 사셨나? 아니, 내가 남궁세가의 봉공이라는데 왜 믿지를 않죠? 정말 봉공이라니까요?"

"내세울 증좌가 있소?"

"증좌?"

조휘가 어이없다는 표정을 지었다.

봉공이라는 증거를 내보이라니?

명함이라도 파고 다녀야 한단 말인가?

남궁장호나 장일룡을 데려왔다면 곧바로 해결될 일이겠지만 막상 동료들이 없으니 증거로 내보일 만한 것이 생각나지 않았다.

'아?'

갑자기 조휘가 품에서 창천검패를 꺼내 당무호에게 내밀었다.

"남궁의 창천검패입니다."

당무호가 고개를 나직이 가로저었다.

"창천검패는 호의와 친분의 표시일 뿐, 봉공이라는 직위의 증좌가 될 수는 없소."

"하……."

그제야 조휘는 이 모든 일의 근본적인 문제가 무엇인지를 깨달을 수 있었다.

과거, 현대에서 읽었던 무협지 속에서는 엑스트라들이 주인공의 인상착의만 보고도 별호를 유추해 내며 깜짝 놀라는 장면들이 있었다.

이름값.

즉 명성이 없는 것.

무림맹과 흑천련의 어그로를 끌기는 싫었다.

그래서 직접적으로 실력을 드러낸 적이 거의 없었다.

모난 돌이 정 맞는다고, 괜히 설치고 다녀 봐야 귀찮은 일에 휘말릴 것이 분명했기 때문이다.

하지만 명성이 없다는 것이 때로는 불편할 수도 있다는 것을 깨닫게 되었다.

그렇게 조휘는 적당하게 자신을 드러내는 것도 필요한 일이라고 판단했다.

현대나 강호나 사람들이 사는 곳.

사회에서는, 어떤 사람의 말이냐에 따라 그 무게가 달라진다.

"그럼 어떻게 증명하면 되겠습니까?"

조휘의 진득한 눈빛.

그런 조휘의 시선을 담담히 받으며 당무호가 말했다.

"제왕의 검을 견식시켜 준다면 말이 달라지겠지."

그렇게 조휘는 강호의 속성을 온몸으로 깨닫고 있었다.

강호인, 무인이란 오로지 일신의 실력으로 자신을 증명할 뿐.

"좋습니다. 대무(對武)하실 겁니까?"

당무호의 안광도 덩달아 강렬해졌다.

"당가의 비기에 연습 같은 것은 존재하지 않소. 필살의 당가기예를 그대가 감히 감당할 수 있겠소?"

얼굴에 가득 드러난 자부심.

그런 당무호를 바라보며 조휘는 내심 실소를 머금었다.

하긴 독과 암기를 뿌리는 자들이 비무 같은 걸 할 리가 있나.

그때, 당인상이 흐뭇하게 웃으며 당무호에게 말했다.

"가주는 당가삼신기를 꺼내야 할 것이오."

"사, 삼신기를요?"

멸혼독(滅魂毒).

염화천폭통(炎火天爆桶).

암천어기비도술(暗天馭氣飛刀術).

당가의 이 세 가지 삼신기를 자유자재로 부리는 자를 암왕(暗王)이라 부른다.

그것은 오직 당가의 가주만이 발휘할 수 있는 위엄이자 권능이었다.

암왕의 칭호를 얻은 당가주는 '절대독인'과 맞먹는 존경을 받게 된다.

당인상이 당무호의 눈을 살폈다.

"역시…… 암천(暗天)에 골몰하느라 독인의 경지에는 이르지 못했군. 허면 멸혼의 용독은 완벽하지 못할 것이니 이를 제외한 나머지 이신기(二神器)를 모두 이쪽에서 허용하겠소."

역대 당가주들 중에서 독과 암기 모두 대성한 자들은 극히 드물었다.

그도 그럴 것이 가주비전의 암천어기비도술은 평생을 매진한다고 해도 완성하는 것이 불투명한, 극악한 난이도를 자랑했기 때문이다.

'이 청년이 그 정도란 말인가?'

자신의 숙부가 허투루 말을 뱉을 사람은 아닐 것이다.

숙부가 이신기를 호언했다면 눈앞의 이 청년에게 그만한 실력이 있다는 뜻.

이내 당무호는 품에서 시커먼 독룡이 휘감긴 폭통을 꺼내 팔뚝에 장착했다.

오로지 가주와 그 후계자만이 소지할 수 있는 염화천폭통.

그 모습을 지켜보는 당가인들은 모두 전율할 수밖에 없었다.

저 폭통은 사천당가의 암기술, 그 모든 기술의 집약체였다.

염화천폭통의 실물을 본다는 것은 당가의 젊은 독수들에게도 영광이요 전율이었던 것.

화경의 고수조차 한 줌의 핏물로 만들어 버리는 저 폭통은 지금의 사천당가의 명성을 만들어 준 엄청난 기물이었다.

당무호가 염화천폭통의 장치를 개방했다.

이어 툭 하고 튀어나온 링 모양의 철사걸개 다섯 개.

당무호는 묵묵히 철사걸개를 각 손가락에 하나씩 끼우며 입을 열었다.

"죽을 수도 있소."

현대인의 눈썰미를 지닌 조휘는 단숨에 염화천폭통의 작동 원리를 깨달았다.

"까짓것 다섯 발만 피하면 되는 거 아닙니까?"

"허허……."

이자는 강호에 떠도는 당가의 명성을 접하지도 못했단 말
인가?

염화천폭통 앞에서는 화경의 고수들조차 긴장하지 않을
수 없다.

단 한 발만 스쳐도 핏물로 변하는데 까짓것 다섯 발만 피하
면 된다라.

모멸감이 떠오른 표정으로 당무호가 천천히 거리를 벌렸다.

이어 그는 반쯤 돌아서서 두 팔을 축 늘어뜨린 채 손을 소
매 속으로 감추었다.

당가 특유의 기수식.

"나는 준비가 다 되었소."

조휘도 두어 발자국 물러나며 조가철검을 천지간에 곧추
세웠다.

미간을 덮은 조가철검.

검신(劍身)의 좌우, 조휘의 두 눈에 강렬한 백광이 스쳐 지
나갔다.

"먼저 오시죠."

분노로 일그러진 당무호의 얼굴.

말이 끝나기가 무섭게 그의 소매에서 비도 여섯 자루가 동
시에 튀어나왔다.

째애애애액!

살기를 머금은 비도들이 엄청난 속도로 쏘아지고 있었다.

츠캉! 캉!

검이 전광석화처럼 비도 두 자루를 쳐 냈다.

이어 푹 하고 꺼져 버린 조휘의 신형!

점멸하듯 사라지는 보법 뇌전풍이다.

그의 예의 삼검(三劍)이 당무호에게 짓쳐 들었다.

당무호는 감히 경시하지 못하고 암천행(暗天行)의 보법으
로 정신없이 물러났다.

거리를 벌려 안심하는 것도 잠시.

조휘의 삼검에서 눈부신 광휘가 솟구쳤다.

별빛처럼 반짝이는 백광.

검수(劍手)의 농밀한 의념, 그 의지가 검신을 타고 흐른다.

솟구친 예기, 그 눈부신 광휘를 보자마자 당무호는 알 수
있었다.

검기성강(劍氣成罡)!

그 명백한 화경의 상징 앞에, 당무호가 기함하며 풍차처럼
몸을 회전시켰다.

파파팟!

촤아아아악!

등에서 밀려오는 극통!

갑작스럽게 발현된 검강에 의해 두부처럼 등이 갈라진 것
이다.

당무호가 피가 나도록 입술을 깨물며 내력으로 등을 지혈

했다.

곧바로 그의 신형이 허공으로 솟구쳤다.

암천어기비도술(暗天馭氣飛刀術).

후일식(後一式).

천개어기환(天開馭氣幻).

순간, 조휘는 자신의 시야가 갈라짐을 느꼈다.

갈라진 시야 사이로 엄청난 환영의 비도가 쏟아지고 있었다.

절대경의 의념이 아니면 결코 막을 수 없다고 본능적으로 느껴진다.

조휘가 백색의 동공으로 비도의 환영들을 바라본다.

그렇게 일으킨 검천전능지체.

뇌리 속으로 끊임없이 파고드는 물리학적 정보들을 살피며 조휘는 기함할 수밖에 없었다.

놀랍게도 그 환영들은 환영이 아니라 하나하나가 모두 실체의 비도였던 것.

'그럼 저 하나하나가 모두 어기술라고?'

그게 가능하나?

검 한 자루로 어기술을 구현하는 데도 막대한 의념이 소모되는 판국에, 저 수십, 수백의 비도들을 어떻게 모두 어기술로 통제할 수 있단 말인가?

분명 어기술이었다.

그것이 아니라면 자신을 추적하듯 따라올 리가 없었으니까.

'이런 개 사기를 봤나!'

쏴아아아아아아!

갈라진 틈에서 눈부신 환영의 섬광들이 끝없이 쏟아지고 있었다.

그것은 마치 비(雨).

남궁의 검식으로는 마땅히 막을 방도가 떠오르지 않는다.

조휘는 검총에서 나온 후, 처음으로 자신의 내공을 칠 할 이상 끌어올렸다.

천검류(天劍流) 제팔식(第八式).

천하공공도(天下空空道).

현재 자신이 발휘할 수 있는 최강의 검초.

그 천하공공도를 조휘는 무려 양의심공을 활용해 동시에 두 개의 식을 펼쳐 냈다.

허공에 생겨난 두 개의 점.

점은, 곧 엄청난 속도로 부피를 확장하더니 수백 개의 비도들을 동시에 집어삼켰다.

급속도로 압축되는 공간!

우우우우웅!

"크아아악!"

당무호의 손아귀에서 피가 터져 나왔다.

경악으로 부릅떠진 당무호의 두 눈!

그가 온몸을 부들부들 떨며 동그랗게 패여 있는 두 개의 구

195

덩이를 쳐다보고 있었다.

자신이 뿌린 도합 삼십육 개의 비도가 마치 철공처럼 뭉쳐 엉켜 있었다.

각 비도와 연결된 은잠사들도 모두 끊어진 상태.

천잠사보다 질기다는 은잠사가 끊어지다니?

더구나 만년한철로 만들어진 암천비(暗天匕)들이 공처럼 뭉쳐졌다?

이런 검식은 듣지도 보지도 못했다.

악귀처럼 일그러진 당무호의 얼굴.

곧 그는 전광석화와 같은 몸놀림으로 오른손에 찬 염화천폭통을 왼손으로 옮겨 장착했다.

오른손은 더 이상 쓸 수가 없었다.

가죽 요대의 왼편에 남아 있는 암천비는 이제 열여덟 자루.

요대의 특수한 장치를 작동시키자 열여덟 은잠사 뭉치가 툭 하고 튀어나왔다.

차르르르르!

은잠사에 기를 불어넣자 다시금 뱀처럼 그의 왼 소매 속으로 비도들이 빨려 들어갔다.

조휘가 검을 고쳐 잡으며 비릿하게 웃고 있었다.

"그것참. 사기도 보통 사기가 아니군요."

어검술인 줄로만 알았는데 저런 기묘한 장치가 숨어 있을 줄이야!

정말 감쪽같이 속았다!

그때, 당인상이 경악의 얼굴로 조휘를 바라보고 있었다.

"도대체 그 검은 뭔가? 남궁세가에 그런 검식도 있었단 말인가?"

"아? 이 초식요?"

당인상이 고개를 끄덕이며 다시 입을 열었다.

"내 생애에 만천화우(滿天花雨)를 그렇게 막아 내는 무인은 처음이네. 도대체 그 검은 뭐란 말인가?"

조휘가 화들짝 놀랐다.

"이게 그 말로만 듣던 만천화우라고요?"

암천어기비도술의 후이식(後二式)을 강호인들은 만천화우라 불렀다.

과연 그 명성이 대단하더라니!

초식의 위력만큼은 절대경에 이른 무인이었던 흑천대살보다도 뛰어났다.

"아, 이건 검총의 무공입니다."

"검총(劍塚)?"

조휘가 싱긋 웃었다.

"제 사부님이 검신이시거든요."

이야기가 너무 현실성이 없으니 아무런 말도 나오지 않는 당인상.

그도 그럴 것이 검신이라는 존재는 모호한 흔적조차도 남아 있지 않은, 그야말로 무림의 허상(虛像) 같은 존재였다.

전해 내려오는 전설이야 수없이 많았지만 모든 것이 단편적이고 추상적.

검신의 자손이나 제자, 무공 등 그 실체를 접한 사람은 단언컨대 존재하지 않을 것이다.

한데 그런 검신의 제자라고?

확실히 그 검공만큼은 강호의 기사(奇事)라 불려도 부족하지 않을 만큼 특이했다.

공간을 집어삼키는 검!

그런 강호 유일의 검공을 지켜보며 아득해지는 듯한 그 가공한 느낌은 필설로도 형용하지 못할 만큼 충격적이었다.

그 막강한 공간압착(空間壓搾) 속에서 만년한철조차 저지경이 되었거늘 만약 그곳에 사람이 있었다면 어떻게 되었을까?

당인상은 온몸이 덜덜 떨릴 정도로 소름이 돋았다.

"검신(劒神)의 제자라니……!"

조휘의 말이 사실이라면 삼신(三神) 중 최강이라는 검신의 무예, 그 실체를 직접 목도했다는 뜻이다.

"대무(對武)에 실컷 흥이 도는데 왜 끼어드십니까? 그만할까요?"

"아, 아니네."

당가와 남궁, 양대 가문의 명예를 걸고 펼쳐지는 대무, 그 진중하고도 무거운 행사를 자신이 방해한 것이다.

자신의 실책을 깨닫고 서둘러 물러나는 당인상.

몇 합(合)의 공방에서 손해를 본 당무호의 두 눈에는 지독한 빛이 아른거리고 있었다. 그럼에도 상대를 향한 경의(敬意)는 잊지 않았다.

"검신의 후인이라 했소?"

"그렇습니다."

일반적인 강호의 무공, 그 상궤(常軌)를 벗어난 엄청난 검을 온몸으로 직접 체감한 마당이다.

그리고 저 눈.

너무도 희고 찬란하여 바라보는 것마저 죄스러운 느낌이 드는 순수한 백안(白眼).

한 치의 사특함도 그 어떤 부정함도 느껴지지 않는 그 순수한 백색은, 바라보고 있자니 차라리 어떤 감동마저 느껴진다.

당무호는 충분히 상대의 말에 신뢰를 가질 수 있었다.

"대단하구려."

검신의 후예라서가 아니라 그 무위가 절대라는 것에 대한 경의가 먼저였다.

조휘는 가타부타 말없이 검을 곧추세웠다.

그 모습을 대하는 당무호는 그 느낌이 전과는 확실히 달랐다.

광대무변한 존재감.

오연히 드러낸 그의 절대는, 당무호에게 있어서도 사상 최강이었다.

천마성의 대주교 그 이상!

평생토록 피와 살을 깎으며 연마한 자신의 경지도 화경의 극(極)이거늘, 어찌 저리도 젊은 자의 경지가 절대란 말인가.

화경오인절대지적(化境五人絕大之敵).

일반적으로 절대란, 화경에 이른 무인 다섯을 감당할 수 있는 경지.

허나 당가의 비기는 단순히 경지로 구분할 수 없다.

순간, 당무호가 기수식을 풀며 정중하게 조휘에게 포권했다.

"대무 중에 부끄러운 요청이오만 혹 비도를 다시 채비해도 되겠소? 나는 이 천금과 같은 기회를 놓치기 싫소이다."

눈앞의 명백한 절대경.

이미 봉공의 위는 증명된 것이나 다름없었다.

허나 진득하게 피어나기 시작한 무인의 갈망이 당무호의 이성을 앗아 가 버렸다.

조휘가 백안을 서서히 갈무리했다.

"어떤 기회를 말씀하시는 건지?"

순간, 당무호의 두 눈에서 광기 어린 기세가 흘러나왔다.

"평생을 갈고닦은 본인의 절세당가비의(絕世唐家秘意)가 과연 절대경에게도 통하는지를 확인하고 싶소이다!"

그때 당인상이 당혹스런 얼굴로 끼어들었다.

절세당가비의라고 칭해질 만한 비기는 암천어기비도술의 최후 초식밖에 없었다.

"내 암천(暗天)의 공부를 자세히는 모르나 아직 가주의 경지로는 무리라는 것쯤은 확실히 알고 있소! 무엇보다 그 팔로는 절대 불가!"

절세당가비의를 왼팔로 시전할 수는 없을 것이다. 이미 오른손은 뼈가 드러날 만큼 손아귀가 찢어져 있었다.

순간, 당무호가 오른팔을 강하게 휘둘렀다.

우드득!

탈골된 오른쪽 어깨를 단숨에 맞추고는 이리저리 휘휘 휘둘러 보는 당무호.

곧 그가 은잠사 뭉치를 오른손에 갈무리했다.

손가락 여기저기 뼈가 드러나 그 고통이 상당할 텐데도 그는 아무런 감각도 느끼지 못하는 사람처럼 무표정했다.

조휘는 내심 혀를 내둘렀다.

독하기로는 강호의 으뜸이라더니 역시 당가란 말인가.

"나는 아무런 문제도 없소이다 숙부."

"……."

화경의 경지로 당가비의의 꽃이라고 할 수 있는 최후 초식을 펼친다면 적어도 한 달은 정양해야 할 것이다.

허나 당인상은 무인의 갈망이 얼마나 참기 힘든 것인지 모르지 않았다.

독공이 온전했다면 자신이었더라도 똑같은 부탁을 했을 테니까.

조휘는 그런 당무호의 진지한 태도를 외면할 수 없었다.

"좋습니다. 기다리죠."

당가가 분주해졌다.

가주가 절세당가비의를 언급한 그 순간 모든 당가의 독수들이 앞다투어 몰려온 것이다.

진정한 만천화우를 보는 것은 당가인에게도 충분히 대사건.

당무호가 곁에 시립해 있던 총관에게 비도를 건네받고는 끊어진 은잠사 뭉치에 일일이 연결하고 있었다.

조휘가 보기에도 참으로 독특한 발상이었다.

은잠사를 통하여 기를 흘려보내 비도들을 통제하는 그 수법.

수십 자루의 비도들을 마치 어기술로 통제하는 듯한 그 광경은 조휘에게도 충격이었다.

은잠사로 기를 흘려보내 통제하니 어기술보다는 내공이나 심력, 의념의 소모가 줄겠지만 그래도 수십 자루다.

과연 만천화우라더니 그 극악한 난이도의 내력 운용을 가히 짐작조차 할 수 없었다.

마침내 비도들을 소매로 갈무리한 당무호가 당가 특유의 기이한 기수식을 취하며 눈빛으로 예를 표했다.

"호의에 감사하오. 덕분에 준비가 끝났소이다."

"오시죠."

짧은 대답과 함께 또다시 검을 곧추세운 조휘.

순간, 당가타의 대지가 떨리기 시작했다.

쿠구구구구구.

도합 쉰네 자루의 비도들이 일제히 허공에 떠오르고 있었다.

은잠사에 매달린 채 마치 귀신의 머리칼처럼 흩날리고 있는 비도들은 소름 끼칠 만큼 날카로운 예기를 뿜어내고 있었다.

입가에 가늘게 흘러내리는 피.

그런 당무호의 처절한 정신력에 조휘는 진심으로 감탄했다.

그 순간.

세상이 검게 변했다.

암천어기비도술(暗天馭氣飛刀術).

후이식(後二式).

암천만광역천무(暗天萬光逆天舞).

쏴아아아아아아아!

검은 세상 속에서 환영처럼 일어난 수백 수천 개의 칼날이 춤을 추기 시작한다.

어떤 것은 흩날리고, 어떤 것은 쏘아졌으며, 어떤 것은 피어났다.

알알이 두 눈에 박히고 있는 그 수많은 섬광들을, 조휘는 그 찰나의 순간 속에서도 감탄하면서 바라보고 있었다.

과연 만천화우(滿天花雨)!

그 명성에 모자람이 없다.

조휘는 사상 처음으로 극성의 내공을 발휘했다.

조휘의 신형이 점멸한다.

수없이 쏟아지는 빛무리, 그 화우들이 뿜어내는 물리학적 움직임들을 조휘는 일일이 볼 수 있었다.

번쩍번쩍!

조휘는 엄청난 보법으로 비도를 피하면서도 때로는 검으로 내치고 호신강기로 튕겨 내길 반복하고 있었다.

천하공공도의 검식을 시전하고 싶었지만 화우의 범위가 너무 넓었다.

당무호가 비릿하게 웃는다.

만천화우의 무서움은 지금부터 시작이다.

푸슉!

조휘의 귀에 기이한 파공음이 들려온 그 순간.

"크읔!"

허벅지에서 불에 덴 듯한 극통이 밀려왔다.

순식간에 내부를 휘감는 엄청난 화독(火毒)!

눈앞이 아득해진 조휘가 전력으로 호신강기를 일으키며 움직임을 멈췄다.

'……독?'

내부의 검천대신공이 독력에 맞서 미친 듯이 날뛰고 있었다.

조휘가 믿을 수 없다는 듯한 눈으로 당무호의 폭통을 쳐다본다.

자욱한 연기를 뿜어내고 있는 염화천폭통!

검천전능지체 백안, 그 감응력에 포착되지 않는 물리학적 움직임도 있을 수 있단 말인가?

그 말인즉, 저 암기가 현재 자신의 경지로 포착할 수 있는 물리학적 벡터값 밖의 속도를 지녔다는 뜻.

그렇게 내부의 화독과 싸우느라 조휘의 검천대신공이 약해지자 그의 호신강기 또한 붕괴되기 시작했다.

퉁퉁퉁!

호신강기를 찢은 비도들이 그대로 조휘의 온몸을 낭자한다.

"크흑!"

비도에도 극독이 묻어 있는지 조휘의 전신이 시커멓게 타들어 가고 있었다.

조휘가 울컥 피를 쏟아 냈다.

'위, 위험하다!'

당가의 폭통이 이런 위력을 발휘하리라고는 상상치도 못했다.

일신에 검신의 무공을 아로새긴 후로 이런 곤경은 처음.

조휘가 필사적으로 남아 있는 자신의 모든 내공을 끌어올려 검에 담았다.

콰쾅!

엄청난 진각과 함께 솟구친 조휘의 신형!

적어도 십 미터 이상을 도약했음에도 자신을 향해 일제히 하늘로 치솟은 화우를 바라보며 조휘는 등줄기가 서늘해졌다.

도약력이 다하자 조휘는 그대로 중력에 몸을 실었다.

조휘가 맹렬히 하강하며 당무호에게 짓쳐 든다.

곧 그의 조가철검이 엄청난 속도로 떨리기 시작한다.

거칠게 파동하는 검기성강.

검강은 점점 세를 불리더니 마치 거대한 검처럼 화해 갔다.

처음으로 드러난 천검류 최강의 중검(重劍), 천하중중패(天下重重覇)!

과거 검신은 이 거대한 의형강, 이 거검(巨劍) 한 자루만으로 암흑마교를 철저하게 부수었다.

거대한 검이 그대로 당가타의 대지에 꽂힌다.

콰콰콰쾅!

당무호가 서 있던 땅의 거죽이 마치 해일처럼 뒤집어지며 충격파가 생겨난다.

조휘의 백안이 서둘러 사방을 살폈다.

아직도 사방에서 비도들이 너울거리는 것만 봐도 당무호가 무사하다는 것을 알 수 있었다.

그때 조휘의 두 눈에 어린 백광이 서서히 꺼지고 있었다.

"허억, 허억!"

공단의 경지에 이른 조휘의 검천대신공이었지만 당가의 화독을 상대하기는 결코 만만치 않았다.

화독을 밀어내려면 모든 내공을 집중해서 맞서야겠지만 사방에서 화우가 몰아치니 불가능한 일이었다.

시야가 점점 무너지고 있다.

탓!

조휘가 인기척이 일어난 곳을 물끄러미 응시했다.

한 전각의 지붕 위에 몸을 드러낸 당무호.

한데 그의 발 부분의 의복이 모두 시커먼 재와 함께 타들어가 있었다.

그의 발목 부근에 차고 있는 기이한 장치가 조휘의 눈에 들어왔다.

'저건 설마?'

아직도 새하얀 연기를 뿜어내고 있는 장치!

미친!

폭약을 발에 장착해 마치 로켓처럼 활용했단 말인가?

무슨 토니 스타크냐!

그 소름 돋는 모습에 조휘는 어이가 없었다.

모든 내공과 심력을 만천화우에 쏟고, 치명적인 공격이 들어오면 발에 찬 폭약의 장치로 회피한다!

한데 너무나도 큰 모험이다.

폭약의 특성상 잘못했다가는 탈골이 되거나 재수 없으면 두 발이 날아갈 수도 있었다.

과연 당가인은 하나같이 미친놈들이라더니 그 발상 역시 어마무시했다.

쐐아아아아아!

또다시 일어난 비도의 환상!

그러면서도 염화천폭통은 언제든지 화탄을 쏠 수 있도록 자신을 겨누고 있다!

이쯤 되면 조휘는 인정할 수밖에 없었다.

'……졌다.'

체내의 화독을 몰아내는 것만으로도 아득한 마당.

더 이상 내공을 외부로 발출한다면 목숨이 위험했다.

하지만 조휘는 기이한 오기에 직면했다.

이걸 과연 무인들의 결투라 할 수 있을까?

염화천폭통이나 저 발목의 장치를 인정하기가 싫었던 것.

"허……."

조휘와 당무호의 대무를 지켜본 당인상은 가슴이 두근거렸다.

자신이 본 것은 암왕(暗王)의 전설, 그 자체.

막연히 상상만 해 온 암왕, 그 실체를 직접 목도하니 온몸에 전율이 치밀었다.

이것이 바로 당가!

장장 사백 년 동안이나 굳건히 마교도를 막아 낸 처절한 세월의 독기, 그 저력이었다.

당인상의 두 눈에 눈물이 고였다.

당가의 비의더러 기물(器物)에 기댄 무공이라 강호의 손가락질 받으면서도 끝끝내 지켜 낸 암왕의 전설!

보라!

그 어떤 칠무좌가 감히 암왕을 무시할 수 있겠는가!

검신의 검학을 일신에 담은 절대경의 무인을 압도하고 있지 않은가!

조휘가 무력함을 느끼며 패배를 시인하려는 그때.

그의 두 눈에 찬란한 칠채서기가 서서히 아로새겨졌다.

-검신 어른!

검신 어른이 갑자기 자신의 몸을 차지하자 깜짝 놀란 조휘가 검신을 불러 보았다.

한데 검신은 아무런 반응 없이 묵묵히 서 있기만 했다.

'허허······.'

의천혈옥에 갇혀 그 무의미한 세월을 견뎌 오며 인간의 오욕칠정은 다 무뎌졌다고 여겼건만.

본신의 실력을 채 삼 할도 제대로 쓰지 못하는 제자의 모습에 마음이 격정으로 치달았다.

당가의 암왕이 펼치는 만천화우, 그 절체절명의 순간에서 그 어처구니없는 회피 보법은 무엇이며 중검은 또 뭐란 말인가.

하지만 이는 당연한 일.

검총에서의 깨달음, 그렇게 속성으로 이룬 무혼은 외피(外皮)만 절대경으로 보일 뿐이었다.

자신의 제자는 검수는커녕 무인이라 불리기도 힘들다.

압도적인 기연에 기댔을 뿐 사실 자신의 제자에게 검천전능지체란 당가가 기물(器物)에 기대는 것과 다르지 않았다.

검을 고작 만 번도 휘둘러 보지 않은 자를 어찌 절대의 검수라 청할 수 있을 것인가.

수신(修身) 없이 이룩한 절대(絶大).

오늘과 같은 일은 언제고 반드시 일어날 일이었다.

지금까지 자신의 제자는 진정한 실전을 겪어 보지 못했다.

남궁세가에서도 실전이 아닌 비무였고 강서에서도 뒤치기, 화경급 고수들을 만났을 때도 천하절대검령의 압도적인 위력으로만 연명해 왔다.

결국은 강호의 또 다른 전설인 암왕의 위력 앞에 무너져 내린 것이다.

어쨌든 자신의 제자는 강호에 검신의 후인이라 자처했다.

검신의 후예가 당가의 암왕에게 패배한다는 것은 자존심이 용납하지 않았다.

하지만 그와는 별개로 암왕의 위력은 놀라웠다.

혈옥에 갇히기 전, 당가를 경험해 보지 못한 것이 못내 아쉬울 정도.

그것이 조휘의 몸에 현신(現身)한 이유였다.

검신의 두 눈에 어린 찬란한 칠채서기가 더욱 진해진다.

천지간, 대자연에 어린 생기(生氣)가 급속도로 검신 주위로 모여든다.

생기를 내력으로 치환하여 삽시간에 화독을 밀어낸다.

뚝뚝.

전신 모공을 뚫고 배출된 화독이 그의 온몸을 타고 흘러내리고 있었다.

그 순간 검(劍)이 움직였다.

그것은 자연경의 경지로 펼친 검이 아님에도 조휘를 충격으로 몰아가기에는 충분한 장면이었다.

-아아!

인간이 하나의 검(劍)이 되었다.

검천전능지체에만 기댄 자신의 무력이 얼마나 보잘것없는 것인지 단숨에 느낄 수 있는 검과의 물아일체.

'공(空)을 깨우친 놈의 검이 왜 늘 적으로만 향하는가?'

검수의 검형(劍形)이란 모름지기 삼십육방(三十六方)을 철저하게 장악하는 데 기본을 둔다.

적의 움직임만을 쫓아 마련한 투로는 반드시 허허실실의 묘용 앞에 허물어지게 마련이었다.

저 수백 수천 개 화우의 빛살 속에서 실체는 단 쉰네 자루의 비도뿐.

폭급하게 사위를 집어삼키듯 나아간 검에서 검풍의 와류가 솟구친다.

'먼저 나아가 선점해야 하느니.'

이제 막 위력을 발휘하려던 비도들이 거친 와류에 휘말려 사방으로 비산했다.

'눈으로 피하지 말고 결을 살피매.'

휘릭휘릭!

그렇게 큰 동작도 아닌 경쾌하고도 유려한 몸놀림이었지만 검신의 몸에는 단 하나의 화우도 닿지 못했다.

그 일련의 움직임은 조휘에게 있어서 비도의 화우보다도 더한 환상이었다.

'의념(意念)이 도대체 뭐라고 생각하느냐?'

조휘에게 의념이란 실체가 없는 '무엇'이었다.

검총에서의 깨달음, 그 신기루와 같은 찰나 속에서 우연히 자신의 영혼에 아로새겨진 환상과도 같은 것.

순간 검신의 검이 한 개에서 두 개로, 두 개에서 네 개로, 네 개에서 여덟 개로 끝없이 분화하기 시작한다.

당가타에 검림(劍林)이 현신했다.

천검류(天劍流).

천하절대검벽(天下絶大劍壁).

챙챙챙챙!

천지사방을 가득 메운 화우들은 검림을 뚫어 내지 못하고 모조리 튕겨 나갈 뿐이었다.

'의념이란 생각을 실체화하는 것. 너는 이 검림을 모두 실체라 여길 수 있겠느냐?'

―……

저 수천 자루의 검을 실제의 검으로 인식한다?

조휘는 섣불리 자신할 수 없었다.

인간의 뇌에 관념이란 것이 박혀 있는 이상 그 경험적인 벽을 넘기란 요원한 일.

평생을 얼음이 차갑다고 인식해 왔는데 어떻게 하루아침에 뜨겁다고 인식할 수 있겠는가.

더욱이 그 관념적인 벽을 넘는다고 해도 모두 실체로 인식한다는 것은 또 다른 차원의 문제였다.

'그렇다면 너의 공공(空空)은 무엇이냐?'

어?

그러고 보니 그러네.

실체가 불분명한 공간을 인지하고 장악하며 허물어뜨릴 수 있는 공공력.

그것이 관념의 파괴이자 의념의 발현이 아니라면 무엇이겠는가?

'이 검림이 무어가 다르단 말이냐?'

순간 조휘는 영혼이 진탕되는 듯한 격렬한 충격에 휩싸였다.

지금까지 자신을 막아 온 벽은 단지 한 꺼풀.

그 벽을 인지하자 모든 것이 달라진 것이다.

그때, 검림의 벽을 뚫지 못한 비도의 화우들이 일제히 잦아들었다.

진신내공을 모두 소진한 당무호가 피를 토하며 쓰러지고 있었다.

서서히 뒤로 기울어 가는 당무호.

대자로 뻗어 버린 그의 얼굴에는 한없이 시원해 보이는 환
의가 차올라 있었다.

그로서도 자신의 모든 것을 쏟아 낸 적은 처음이리라.

다시 혈옥으로 돌아간 검신 어른.

조휘는 영력의 소모를 무릅쓰고 자신에게 손수 가르침을
내려 준 검신 어른에게 진심으로 감사하는 마음이 일었다.

'어르신……'

검신 어른의 빙의가 너무 잦았다.

계속해서 영력을 소모했다가는 영혼의 격이 점점 하락할
것이고, 마침내 존재력을 모두 잃으면 더 이상 혈옥 속에 존
재할 수가 없었다.

그것이 얼마 전에 조맹덕 어른으로부터 들었던 비화.

어떻게든 설득해서 더 이상의 빙의는 막아야 했다.

모든 당가인들이 멍하니 조휘를 쳐다보고 있었다.

그들에게 암왕은 신화이자 기적이요 무적의 존재.

그런 암왕이 누군가에 패배할 수 있다는 것을 받아들이기
가 쉽지 않았던 것이다.

환상과도 같았던 만천화우.

그 모든 빛살들이 거대한 검벽에 모두 가로막히는 그런 압
도적인 광경은 당가인들에게 너무나도 큰 충격이었다.

그리고 무엇보다 염화천폭통에 격중되고도 멀쩡한 모습을
하고 있다는 것이 가장 믿기 힘들었다.

당가 제일의 극독 멸혼독에 비할 바는 아니었지만 그래도 염화독은 당가의 오대 극독에 속하는 독이었다.

화경에 이른 고수를 한 줌의 혈수로 만들 수 있는 극독.

설사 그 중독을 다스릴 수 있는 내가기공의 고수라 해도, 수개월 동안 전력을 다해 정양해도 독기를 몰아낼 수 있을까 말까다.

한데 눈앞의 청년은 얼굴색 하나 변화 없이 평온했다.

"뭐 합니까? 가주께서 쓰러지셨는데."

조휘의 힐난에 그제야 독수 몇몇이 황급히 다가와 자신들의 가주를 살폈다.

당인상도 탈진한 당무호의 얼굴을 살피더니 혀를 끌끌 찼다.

"미련한 인사 같으니…… 어쩌자고 진원지기(眞原之氣)를 그토록 쏟아 내 버렸는가."

생명력의 진원, 즉 선천지기를 끌어다 쓰면 반드시 수명이 줄어들게 마련이다.

이 한 번의 만천화우로 인해 적어도 그의 수명이 십 년 이상은 족히 줄어들었을 터.

자신도 당씨(唐氏)였지만, 당가인들의 오기와 독기, 그 자존심은 너무도 드높았다.

그렇게 당무호를 살피고 있던 당가타의 총관 당학서가 조휘를 물끄러미 응시했다.

"모든 처사를 가주께서 회복된 후로 미루겠소. 별원으로 모시겠소."

조휘는 그렇지 않아도 깨달음을 정리할 시간이 필요했다.

"그리하지요."

◆ ◆ ◆

배에서 내린 무림맹 감찰교위(監察校尉) 단백우가 너른 포
양호 변을 바라보며 감탄하고 있었다.

가히 바다와 같은 광활함.

그의 뒤편에서 커다란 방립(方笠)을 머리에 쓴 노인도 너
털웃음을 터뜨리며 입을 열었다.

"허허. 포양호의 정취가 이토록 남다른 걸 미리 알았다면
선실에만 처박혀 있는 것이 아니었는데 말이지."

감찰교위 단백우가 방립 노인을 향해 정중히 예를 표하면
서도 목소리를 낮게 깔았다.

"련(聯)의 영역입니다. 최대한 노출을 삼가셔야 합니다."

"허허…… 그래그래."

노인이 방립을 깊게 고쳐 쓰며 포구 근처에서 바삐 움직이
는 사람들을 일일이 살피고 있었다.

고함치며 짐을 하역하는 역부들, 그물을 손질하는 아낙네
들과 어지럽게 내달리며 장난치는 아이들.

선착장에서 막 출발하는 배들과 마부의 채찍질에 콧김을

뿜으며 거칠게 투레질하는 말들까지.

그야말로 활력이 넘치는 곳. 무림맹의 산서(山西)와는 그 분위기가 확연이 달랐다.

"그야말로 사람 사는 곳이구나."

방립 노인의 눈빛에는 아쉬운 기색이 스치고 있었다.

이처럼 정겹고 활기찬 사람 냄새 나는 곳이 련의 영역, 사파의 권역이라니.

그런 아쉬운 마음도 잠시, 어느 한 청년이 방립 노인과 감찰교위 단백우를 향해 굽신 허리를 굽히며 사람 좋은 미소로 다가오고 있었다.

행색으로 보아 그 청년은 마차의 마부로 보였다.

"어디 먼 곳 가십니까요?"

한껏 기대 어린 표정으로 단백우를 바라보고 있는 마부 청년.

이 포구에서 운차 영업 경력은 자신이 최고다.

거친 마의(麻衣)로 행색을 숨기고 있다고 하나 자신의 눈을 속일 수는 없었다.

이들이 각기 허리에 차고 있는 검.

일견 수수해 보이지만 검병의 저 미려한 문양들은 보통 장인의 솜씨가 아니었다.

단백우의 얼굴에는 경계의 빛이 일렁이고 있었다.

"자네는 누군가?"

"저는 조가통운의 운차영업부 소속 사원 장일이라고 합니다!"

"운차영업? 소속 사원?"

생전 처음 들어 보는 단어들.

손님(?)의 입에서 다른 말이 나올세라, 장일은 재빨리 품에서 남창의 지도를 꺼냈다.

"저렴하게 모시겠습니다! 청색으로 표시된 영역까지는 철전 오십 문! 녹색의 영역까지는 은자 한 냥! 적색의 영역은 은자 두 냥입니다!"

가볍게 눈살을 찌푸리는 단백우.

"일 없네."

한데, 방립 노인이 단백우의 앞으로 나서며 푸근하게 웃고 있었다.

"젊은이의 마차로 우릴 태워 주는 겐가?"

정신없이 고개를 끄덕이는 마부 장일.

"최, 최고로 모시겠습니다!"

"좋네. 조가대상회로 부탁함세."

"어, 어르신!"

련의 영역에서 함부로 외인을 믿을 수 없는 노릇.

단백우가 당황해하며 뭐라 입을 열려고 하자 방립 노인이 그를 제지했다.

"저잣거리를 활보하는 것보다야 낫지 않은가? 강서의 풍물과 물산도 구경할 겸 마차를 타도록 하세나."

방립 노인이 그 말을 끝으로 마부 장일을 따라나서자 하는 수 없이 단백우도 나직이 한숨을 내쉬며 걸음을 옮겼다.

방립 노인과 단백우를 태운 운차가 서서히 출발하자.

"허어! 마차가 어찌 이리도 편안하단 말인가?"

안휘철방에서 판매하는 마차 중에서 가장 저렴한 인상운
차였지만 동일한 판스프링이 장착되기 때문에 승차감은 대
동소이하다.

이런 놀라운 승차감은 문화 충격 그 자체.

문득 쪽창에서 장일의 음성이 들려온다.

"운차를 처음 타시는군요! 운차는 안휘와 강서의 명물입니
다! 저희 조가대상회가 자랑하는 최고의 상품이지요!"

"호오!"

그렇게 방립 노인은 신문물이 가득한 운차의 내부를 이리
저리 살피면서 감탄했고, 운차의 창밖으로 펼쳐진 장강 이남
의 문화로 즐거워했다.

단백우는 그렇게 아이처럼 기꺼워하는 방립 노인을 바라
보며 어쩔 수 없다는 듯 피식 웃고 말았다.

늘 정무에 지쳐 혼탁해진 눈으로 창밖의 후원만 바라보던
그에게 저리도 밝은 미소가 있었다니.

"나리들! 도착했습니다!"

방립 노인이 운차에서 내리기 아쉽다는 듯 입맛을 다시며
장일에게 은자를 건넸다.

"여기 한 냥일세."

"감사합니다! 다음에 또 모시겠습니다!"

운차에서 내린 방립 노인은 여전히 미소를 띤 채 조가대상회의 편액을 바라보고 있었다.

이곳이 바로 고명한 총군사의 머리를 절레절레 젓게 만드는 그곳이란 말인가.

한데, 편액에서 지붕으로 지붕에서 처마 아래로 시선을 옮기던 방립 노인이 돌연 고개를 갸웃거렸다.

"음?"

처마 아래에서 비 맞은 볏단처럼 축 늘어져 있는 청년.

한데, 낯이 익었다.

저 얼굴에서 살을 좀 더 붙이고, 근육을 좀 더 크게 부풀리면……

"팽각 소협?"

무극도왕의 맏아들인 팽각을 어찌 알아보지 못할 수 있을까? 그는 아버지와 닮아도 너무나 닮았다.

덩하니 늘어져 풀린 동공으로 방립 노인과 단백우를 번갈아 응시하는 팽각.

"누구……"

팽각은 시야조차 흐릿한 듯 연신 눈을 껌뻑이고 있었다.

피골이 상접하여 마치 목내이처럼 변한 그를 바라보며 단백우가 기이한 표정을 지어 보였다.

"팽 소협 아닌가? 도대체 무슨 화(禍)를 입었길래 이 몰골이 되었단 말인가? 음?"

갑자기 눈살을 찌푸리는 단백우.

"세상에! 그 팔의 상처들은 또 뭔가?"

팽각의 팔에는 칼로 베인 듯한 수십, 수백 개의 상처들과 이빨 자국이 빼곡하게 자리 잡고 있었다.

황급히 장포자락 속으로 팔을 숨기는 팽각.

그제야 단백우를 알아본 듯 팽각이 서둘러 일어나 예를 갖췄다.

"아, 아무것도 아닙니다. 단 교위님을 뵙습니다."

이빨 자국만 봐도 뭔가 숨기고 있다는 것이 느껴졌지만 말하지 않는 이상 사생활을 캐물을 수 없는 노릇.

단백우가 수염을 쓸어내리며 다시 입을 열었다.

"한데, 조만간 하북에 큰 행사가 있는 것으로 알고 있는데 자네가 이곳에는 무슨 일로?"

"아……."

팽각의 얼굴이 죽을상이 됐다.

합빈관의 입장 불가를 따지러 왔다가 광부(?)가 됐다고 사실대로 말할 수는 없는 노릇.

"다, 당분간 조가대상회의 일을 봐주기로 했습니다."

"……일을 봐준다?"

쟁쟁한 팽가의 소가주가 이 머나먼 강서 땅까지 와서 왜 남궁세가 휘하 상단의 행사를 도와주고 있단 말인가?

연신 고개를 갸웃거리는 단백우.

자신이 아는 오대세가는 그 정도로 서로 긴밀하지 않았다.

그런 단백우의 의구심을 읽었는지 팽각이 억울한 얼굴을
했다.

그 새끼(?)의 마수에 빠진 이가 어디 자신 하나뿐이란 말인가?

"이곳에는 소검주도 소제갈도 있습니다! 게다가 북……!"

"북?"

다급히 자신의 입을 틀어막는 팽각!

무림맹 감찰교위 앞에서 북해빙궁 출신인 한 소저를 언급
할 뻔하다니 이런 천하의 의리 없는 놈!

그렇게 팽각이 내심 스스로를 책망하더니 땀을 삐질삐질
흘리며 뜬금없이 북쪽을 처다보았다.

"부, 북풍이 부는 계절입니다. 고뿔 조심하십시오."

"……."

가득 얼굴을 찌푸리는 단백우.

자신의 기억 속에 팽각은 이런 실없는 모습의 청년이 아니
었다.

"한데 저분은 뉘신지?"

방립을 깊게 눌러쓰고 있어 얼굴을 가늠할 수 없는 노인.

보이는 거라곤 새하얗고 기다란 미염(美髥)뿐이었다.

팽각의 질문에 단백우의 음성이 깊게 가라앉았다.

"소란스럽게 굴지 말게. 맹주님이시네."

"매, 매, 맹주님?"

화산의 자하검성과 함께 천하제일검을 다투는 자.

무당의 한 세대에 한 명도 나오기 힘들다는 진인의 칭호를 일신에 새긴 고명한 도인이요, 칠무좌의 정상이자, 정파의 하늘이라 불리는 자,

무황(武皇) 청운진인(淸雲眞人)!

저 왜소한 몸집의 노인이 장강 이북, 강호의 절반을 거머쥔 무림맹의 맹주, 당대의 무황이라고?

구부정하게 뒷짐을 지고 있는 그 모습이 검을 들고 서 있기도 힘들어 보이는데?

팽각이 '한 대 치면 뒈질 것 같은데…….'라는 생각을 하다가 그 불경함에 기겁을 하며 예를 갖췄다.

"여, 영광입니다! 북천현무가(北天玄武家)의 팽 모가 무림의 하늘을 뵙습니다!"

"어허! 소란 떨지 말래도!"

그때 무황의 소매가 가볍게 흔들렸다.

"엇!"

팽각의 동공이 급격하게 확장되었다. 굽혀 예를 갖추던 몸이 저절로 펴졌기 때문.

"예(禮)는 받은 것으로 하겠네. 그나저나 조가대상회의 그…… 그…….."

무황이 생각이 날듯 말듯 애를 태우고 있자 단백우의 음성

이 들려왔다.

"조가대상회의 회장 조휘라는 자입니다."

"그래 맞네! 조휘! 그 청년은 어디에 있을꼬?"

팽각의 안색이 희게 변했다.

미친놈! 사파의 권역인 강서 땅에 이토록 엄청난 짓을 벌이더니 끝내 무림맹주님의 심기까지 건드려 버렸단 말인가!

무황을 손수 찾아오게 만들다니 그 배짱과 실력만큼은 인정해 줄 만하다.

"그 개새…… 아니 조가대상회의 회장은 사천으로 출타 중입니다."

단백우의 얼굴에 의문이 그려졌다.

"사천?"

"예. 당가에 간다던데요."

"당가를?"

무림맹의 연락책도 기수(旗手)가 아니면 받아들이지 않는 자들이 당가다.

그들의 폐쇄성을 누구보다도 잘 알고 있는 단백우에게 조휘의 당가행은 지극히 의문스러웠다.

한낱 상인이 당가와도 친분이 있단 말인가?

어쨌든 맹주님을 대동하고 이 머나먼 강서 땅까지 와서 헛걸음만 한 모양새다.

"허허, 그것참 난감하이. 그 청년을 꼭 만났으면 했거늘."

단백우가 무황에게 다가가 공손히 시립했다.

"맹주님. 그가 없다고 달라지는 것은 없습니다. 조가대상회의 수뇌들을 만나 맹령을 전달하시지요."

무황이 나직이 고개를 가로저었다.

"강압으로 될 인사였다면 내 이리 찾아오지도 않았겠지. 팽 소협, 조가대상회의 수뇌들은 어디에 있나?"

팽각의 시선이 호수 변을 향했다.

"모두 강빈관에 모여 있을 겁니다."

"강빈관(江賓館)?"

그 묘한 이름에 연신 고개를 갸웃거리고 있는 무황.

"사흘 전에 개업한 음…… 주루 같은 곳이라 보시면 됩니다."

"호오?"

무황의 음성에는 한껏 호기심이 어려 있었다.

"조가대상회의 한빙주(寒氷酒)가 그토록 명물이라고 들었네만, 그곳에 가면 맛볼 수 있는 겐가?"

"음…… 아마 드실 수 있을 겁니다."

장일룡 그놈이 아무리 미친놈이라지만 설마 무림맹주까지 튕기겠는가.

그런데 잠깐만.

무황님은 도호(道號) 뒤에 진인이라는 칭호까지 새기신 도인이 아닌가?

강빈관에 입장하시면 꽤 놀라실 텐데.

"단 교위. 가세나."

"예. 맹주님."

무황과 단백우가 막 걸음을 옮기려는 그때.

"호호호! 팽 오라버니!"

경공으로 지붕 위를 휙휙 타 넘으며 도착한 진가희를 발견하고는 팽각이 샛노래진 얼굴로 다급히 외쳤다.

"사, 살펴 가십시오! 저는 이만!"

전광석화와 같은 경공을 일으켜 순식간에 장내에서 사라져 버린 팽각.

단백우가 눈살을 찌푸린다.

'도대체 이곳에서 무슨 일이 벌어지고 있는 건가.'

어느덧 해가 서산으로 몸을 뉘이자 포양호가 어둑해지고 있었다.

28 章.

28 章.

　사람들에게 길을 물어 강빈관에 도착한 무황은 그 거대한
규모에 깜짝 놀라고 있었다.

　"아니 무슨 주루가 이토록 크단 말인가?"

　강빈관은 안휘의 합빈관보다 세 배는 더 컸다.

　원체 합비보다 인구가 많은 곳이었고 또한 포양호의 뱃길
로 인해 유동인구 자체가 달랐던 것.

　웬만한 객잔 열 개 정도를 합한 규모이니 가히 대전각(大
殿閣)이라 불러도 모자람이 없을 정도였다.

　한데 무황과는 달리 단백우는 또 다른 점에 놀라고 있었다.

　'저게 모두 유리(琉璃)라고?'

등화를 감싼 채 형형색색의 수많은 빛깔을 일으키고 있는 투명한 물체.

저 눈부시게 아름다운 것들은 틀림없는 파사국(波斯國)의 유리였다.

같은 무게의 금보다도 비싸다는 유리.

한데 그런 유리가 대전각의 외부 곳곳에 알알이 박혀 있었다. 가히 그 값이 짐작조차 되지 않을 정도.

유리알에 비쳐 눈부시게 빛나고 있는 형형색색 마력적인 광휘들은 영혼을 진탕시킬 만큼 매혹적이었다.

"허허, 참으로 놀라운 곳이로고. 그 조휘라는 자를 이제는 정말 보고 싶구나."

전각의 외관만 살폈음에도 이를 계획한 자의 고명한 수완이 느껴진다. 확실히 보통의 인물은 아니었다.

무황이 호기심 가득한 얼굴로 강빈관의 입구 계단을 오르자.

"거 노인장은 입장할 수 없수."

"음?"

비대한 근육을 씰룩이며 등장한 거구의 사내.

"저기 벽보에 써 놨지 않수. 건문(建文)년생 이상부터 입장 불가."

건문년생 이상이라면 대충 서른에서 서른다섯 이상.

아니 무슨 주루가 이십 대 청년들만 받는단 말인가?

미간을 가득 찌푸리며 단백우가 나섰다.

"감히! 이보게 이분은……."

"거 이분이고 저분이고 노인과는 실랑이하기 싫으니 빨리 갈 길 가슈."

"아니 이 사람이?"

거한, 장일룡은 지친 얼굴로 절레절레 고개를 저었다.

강빈관은 합빈관과 피로도 자체가 달랐다.

워낙 사람이 많으니 입장하려는 시비의 횟수부터 다섯 배는 차이가 났다. 게다가 대부분이 뱃사람이라 성정이 사납기 그지없었다. 사파 영역 특유의 패도적인 분위기도 한몫했다.

방금 전에도 달려드는 패월장의 무뢰배들을 피떡으로 만들어 집에 보낸 마당이다.

장일룡이 눈짓으로 건너편의 조가객잔을 가리켰다.

"보이시우? 노인장들은 저기 가서 노시우."

"……."

무황에게 축객령을 내리다니!

산서에서는 상상도 못 할 일이다.

그때, 무황이 방립을 치켜세우며 푸근한 미소를 지어 보였다.

"젊은이. 내 꼭 한빙주를 맛보고 싶네만 어떻게 안 되겠는가?"

무황의 얼굴을 살핀 장일룡의 표정이 일변했다.

무인의 눈은 일반인의 눈과 다르다.

깊은 현기 어린 노인의 두 눈.

순간적이지만 그것은 마치 무저갱으로 빨려 들어가는 듯

한 느낌이었다.

장일룡은 눈앞의 노인이 엄청난 고수라는 것을 동물적인 감각으로 느낄 수 있었다.

장일룡이 잔뜩 긴장한 얼굴로 두 주먹을 움켜쥐었다.

"한빙주는 조가객잔에도 있수."

순간 무황의 두 눈에 이채가 서렸다.

태극무령(太極武靈)의 감각권 내에 익숙한 외기의 파장이 감지되었기 때문이다.

"진무역천권(眞武逆天拳)? 자네는 철웅패와 무슨 관계인가?"

"음?"

내공을 끌어올려 대비하다 어색하게 굳어져 버린 장일룡의 얼굴.

단지 기세만 살피고도 자신의 무공을 알아본다고?

게다가 이 노인은 사부님을 향해 존칭도 쓰지 않았다.

그 말인즉 사부님과 같은 세대, 혹은 선배라는 뜻.

어쨌든 기수식도 취하지 않은 자신의 무공을 알아본 자다.

단순한 고수가 아닌 것이다.

장일룡은 그제야 한껏 진지해졌다.

"대산과 연이 있으십니까?"

대산(大山).

녹림칠십이채의 지배자 녹림대왕이 거(居)하는 산을 뜻했다.

"도우의 제자인가?"

도우(道友).

도문의 제자가 속세의 사람들을 친밀히 부르는 말이다.

내심 장일룡은 불같은 마음이 일었다.

뻔뻔하게 도우라니?

무림맹이 녹림을 얼마나 핍박하는지 뻔히 알거늘!

무황이 아무런 말도 없이 진득하게 눈빛만 빛내고 있는 장
일룡을 바라보며 더욱 은은한 미소를 지었다.

"거리껴진다면 굳이 밝히지 않아도 되네. 그리 경계할 것
도 없으이."

그 순간 장일룡의 머릿속에 옛 추억이 떠올랐다.

*-크아아악! 그 땅딸보 도사 놈의 수염을 모조리 뽑아 버렸
어야 했는데!*

철웅패, 자신의 사부가 술만 취하면 욕을 해 대던 도사가
있었다.

장일룡이 노인의 작은 키와 긴 미염을 살피며 홀린 듯이 중
얼거렸다.

"……무황?"

그때, 감찰교위 단백우가 서늘해진 눈으로 허리춤의 검을
움켜잡는다.

"감히 녹림도 주제에 함부로 입을 놀리다니."

마치 살인멸구도 불사할 기세의 단백우를 바라보며 장일
룡은 더욱 긴장했다. 그 역시 한눈에 봐도 자신의 아래가 아
니었다.

이자들은 정파의 노괴물들.

"이곳에 찾아온 목적이 무엇입니까?"

단백우가 안광을 빛냈다.

"녹림도 따위에게 어찌 맹의 행사를 밝히겠느냐? 조가대상
회의 수뇌에게 안내하라."

"거 녹림도 아니오."

"뭐라?"

장일룡이 한껏 자부심 어린 얼굴로 장삼을 들춰 속에 입고
있던 무복을 드러냈다.

가슴깨에 새겨진 글귀, 창천(蒼天)!

"대남궁세가의 외원 무사 장일룡! 맹주님을 모시겠소!"

"모, 목소리를 낮춰!"

장일룡이 아랑곳하지 않고 당당하게 장부의 걸음으로 걸
어간다.

그의 발걸음이 향하고 있는 곳은 조가객잔이었다.

무황이 재미있다는 듯 웃으며 장일룡을 따라나섰다.

"녹림대왕의 무공을 익힌 남궁무사라. 흥미로운 젊은이로세."

그렇게 무황이 장일룡을 따라 객잔 내부로 들어서자 이상
하게도 내부에 손님이 아무도 없었다.

그때 이 층에서 거친 음성이 들려왔다.

"훙! 그게 왜 내 잘못이란 말이냐!"

"아니, 왜 사람이 머리를 안 써? 포구가 막혔으니 그 물류가 어디로 몰리겠어요? 모두 표국으로 몰리잖아요! 당연히 조가통운의 분점을 양천포에 세웠어야지!"

"그게 그렇게 잘못한 건가? 난 그냥 조휘 소협이 일러 준대로 개점했을 뿐이다! 여기 지도를 보란 말이다!"

"아니 상황이 바뀌었으니 능동적으로 대처해야죠! 그대로 여강현에 개점하는 바람에 손해가 얼만 줄 아세요? 달포에 금화 육십 냥을 앉은 자리에서 날린 셈입니다만?"

"유, 육십 냥?"

무황이 보건데 이 층에서 언쟁하고 있는 저 젊은이들은 틀림없이 남궁세가의 소검주와 제갈세가의 소제갈이었다.

한데, 그 대화는 마치 수십 년을 상단에 몸담은 수전노들의 그것 같다.

안휘의 제왕과 지략의 신기제갈이 어쩌다 저 지경이?

"낄낄낄! 평생 검만 휘둘렀던 무식한 놈에게 얼마나 거창한 기대를 했길래 그리 화를 내는 거요?"

거대한 사슬낫을 등에 찬 염소수염의 청년이 벽에 기댄 채다리를 탈탈 털고 있었다.

빠각!

"이 새끼가?"

남궁장호가 자신의 뒤통수를 후려갈기자 염상록이 사슬낫을 빼어 들며 으르렁거린다.

"싯펄! 뭐? 내가 틀린 말 했어? 네놈이 검 휘두르는 것 빼고 할 줄 아는 게 뭔데?"

남궁장호가 찍 하고 침을 뱉으며 말했다.

"그러는 네놈의 낫은 도대체 뭐냐! 농사를 지을 참이냐!"

그런 광경을 멍하니 쳐다보고 있는 단백우.

예(禮)의 화신과도 같았던 남궁세가의 소검주였다.

소룡대연회에서의 그 정중하고 출중한 예법에 감탄한 것이 엊그제 같거늘!

그때.

쨍그랑!

제갈운이 찻잔을 떨어뜨린 채로 일 층을 쳐다보고 있었다.

"교, 교위님……?"

감찰교위 단백우.

그는 무림맹 내에서 가장 막강한 권한을 지녔다는 감찰원(監察院)의 수장이며 맹 서열 십 위권 권력자이자 철두철미한 일처리로 명성이 높은 자였다.

그의 가장 특이한 점은 모든 것이 신비에 쌓인 인물이라는 것이다.

이름 석 자 '단백우' 외엔 사문이며 무공이며 외부에 알려진 것이 아무것도 없었다.

그것은 제갈운에게도 마찬가지.

감찰원의 수장이라는 것 외에는, 제갈운으로서도 그에 대해 아는 것이 없었다. 얼굴을 두어 번 본 것이 그와 가졌던 접점의 전부.

같은 감찰원 소속이었던 제갈운도 이러할진대 외부에는 말해 무엇 하겠는가.

그런 비밀스러운 인사가 지금 강서 땅에 나타난 것이다.

무림맹 감찰원을 맡고 있는 자의 행사가 허술할 리가 없다. 조가대상회에 찾아왔다면 반드시 엄청난 맹령을 준비해 왔을 터.

하지만 그 전에, 그의 명령을 모두 이행하지도 못하고 서찰 한 장으로 사직을 통보했던 과거 이력 때문에 제갈운으로서는 그의 얼굴을 보는 것이 영 힘들었다.

제갈운이 서둘러 계단을 내려가 단백우를 향해 예를 갖췄다.

"교위님을 뵙습니다."

단백우가 반개한 눈으로 고개를 끄덕였다.

"맹을 떠나서 그런지 신수가 훤하군."

"아, 아닙니다."

그간의 사정을 물어볼 법도 하건만 단백우는 곧바로 본론을 꺼냈다.

"조휘라는 자는 부재중이라고 들었네. 그렇다면 현재 조가대상회를 대리하는 자는 누구인가."

조휘가 사천행을 결심한 후 임시 회장직을 맡긴 사람은 다름 아닌 제갈운.

"미력하나마 제가 임시로 맡고 있습니다."

"자네가?"

단백우는 잠시 놀라는 듯했으나 이내 은은하게 웃음을 짓는다.

"일처리가 더 편하겠군. 앉아도 되겠는가?"

"아! 죄송합니다."

그때 무황이 다가오더니 가장 먼저 자리에 착석했다. 곧 그가 방립을 치켜들더니 입맛을 다시며 말했다.

"한빙주라는 술을 한 병 내어 주게."

"예? 아! 알겠습니다."

제갈운이 다급히 자리에서 일어나 점소이를 향해 발걸음을 옮기려는 그때.

방금 방립 노인의 인상착의가 새삼스럽게 제갈운의 뇌리 속을 파고들고 있었다.

'오 척 단신에 석 자에 이른 미염(美髥)?'

한 번도 본 적은 없었으나 그의 개성적인 풍채는 익히 들은 바가 있었다.

'설마……?'

등줄기로부터 좌르르 일어난 소름.

제갈운이 지진이라도 일어난 것마냥 사정없이 흔들리는

동공으로 천천히 고개를 돌려 다시 노인을 바라본다.

"호, 혹시 맹주님?"

방립 아래로 흐뭇하게 웃고 있는 무황의 입술이 보인다.

침묵은 긍정.

"서천신기가(西天神機家) 제갈운! 무림의 하늘을 뵙습니다!"

한쪽 무릎을 꿇은 채로 봉황금선을 양손으로 잡고서 읍(揖)하고 있는 제갈운의 모습은 정도명가의 출중한 예법 그 자체였다.

가늘게 온몸을 떨고 있는 제갈운.

저 허약하고 순해 보이는 겉모습에 결코 현혹되면 안 된다.

눈앞의 노인은 팔십만 무림맹도의 생사여탈권을 한 손에 거머쥔 이 시대의 위대한 거인이요 강호의 절대자.

장강 이북의 광활한 땅을 오롯이 다스리는 무림의 황제.

무당제일검(武當第一劍)이자 자연경을 목전에 둔 칠무좌의 최정상이며 자하검성과 함께 천하제일을 다투는 유일무이한 무인.

그런 그를 형용하는 단어와 전설은 너무도 많아, 모든 강호인들의 선망과 존경을 받는 정파의 거목 그 자체라 할 수 있는 대무인(大武人)이었다.

저 위대한 무인 하나만으로도 흑천련(黑天聯)과 사천회(邪天會)는 결코 장강 이북을 탐낼 수 없을 것이다.

"동천제왕가(東天帝王家) 남궁장호! 무림의 하늘을 뵙습니다!"

방금 전의 걸걸한 모습은 어디 가고 남궁장호 역시 제갈운과 함께 출중한 정도의 예를 뽐내고 있었다.

하지만 곤혹스러운 얼굴.

마치 사고 치다 들킨 아이마냥 푸르죽죽해진 남궁장호의 낯빛을 바라보며 무황이 너털웃음을 터뜨렸다.

"허허, 그 귀여운 소년이 끝내 위풍당당하게 장성하였구나. 그래 지난번 소룡대연회를 우승했다지?"

"요행이었습니다!"

"성과(成果)에 이르는 방편이 어찌 무예 하나뿐이겠는가. 강호에서는 요행도 실력이거늘 애써 겸양치 말게나."

"……."

그때, 조가객잔의 입구에서 인기척이 들려오자 부드러운 바람이 일어 와 남궁장호와 제갈운의 몸이 저절로 일으켜 세워졌다.

그렇게 일단의 무리들이 주렴을 걷고 들어서고 있었다. 그들은 다름 아닌 흑천련의 두 왕(王)과 휘하들이었다.

남궁장호는 거칠게 얼굴을 구긴 채 다가오는 마겸왕을 쳐다보더니 한껏 긴장한 얼굴로 다시 무황에게 시선을 옮겼다.

'음?'

방금 전까지만 해도 엄청난 존재감을 과시하던 무황에게서 아무런 기세도 느껴지지 않는다.

마치 객잔의 풍경에 녹아 동화되어 버린 듯한 그런 자연스러움.

곧 마겸왕이 제갈운의 앞에 우뚝 선 채 흉신악살처럼 얼굴을 구기고 있었다.

"흥! 이건 약속이 틀리지 않느냐!"

역시 흑천련의 고수들은 무황 일행을 신경도 쓰지 못하고 있었다.

"무슨 약속 말씀이시죠? 해약은 정해진 시간에 보냈을 텐데요?"

제갈운의 퉁명스러운 모습에 마겸왕이 속이 뒤집어진다는 듯 자신의 가슴을 팡팡 쳤다.

"해약을 말하는 게 아니다! 전에 주문한 천상운차 열 대가 왜 아직도 본 련에 도착하지 않은 거냐!"

제갈운이 피식 웃었다.

"아 그거? 천상운차가 틀로 찍으면 툭 하고 튀어나오는 떡도 아니고. 뭔 인내심이 그렇게 없으세요? 달포 정도 더 기다리세요."

"달포? 달포라고!"

성난 콧김을 씩씩 뿜기 시작하는 마겸왕.

"개 같은 놈들! 저번에도 달포만 더 기다리라고 하더니 또 달포 운운하는 것이냐! 네놈들이 본 련을 길들이려는 속셈을 내 모를 줄 아느냐?"

"거참, 정말 성질 급하시네. 천상운차는 제작 기간만 석 달이나 소요되는 명품이에요. 재고가 없는데 무슨 수로 출고를 할 수 있단 말인가요?"

마겸왕이 코웃음을 쳤다.

"흥! 이렇게 오리발 내밀 줄 알고 모두 조사해 왔지! 위화전장에 네 대! 대강도독부에 여섯 대! 오자향루 두 대! 네놈들이 당장 사흘간 곳곳에 납품한 천상운차가 자그마치 열두 대나 되지 않더냐! 이게 본 련을 우습게 본 처사가 아니라고? 어디 한번 발뺌해 봐라!"

"하⋯⋯."

한숨을 내쉬며 고개를 절레절레 내젓는 제갈운.

"아니 그곳들은 모두 흑천련보다 먼저 주문한 곳이라고요."

그 말에 마겸왕은 더욱 길길이 날뛰었다.

"관(官)인 대강도독부는 그렇다 치자! 네놈들에게 본 련은 전장이나 주루보다 못한 것이냐?"

"아니 거기서 흑천련의 위세가 왜 나오냐고! 주문을 순차적으로 출고하는 것이 우리 조가대상회의 원칙이라고!"

"이제는 반말이냐?"

듣고 있던 남궁장호도 열이 받았다.

"그래, 반말했다 어쩔래? 대접받고 싶으면 먼저 예를 갖추든가."

"이, 이 새끼들이!"

갑자기 장일룡이 휘파람을 휘휘 불며 귀를 후벼 판다.

"거 살아 있는 송장이나 마찬가지인 늙은이들이 무슨 물욕이 그리 많아서."

"소, 송장?"

부들부들.

"틀린 말 했수? 보름마다 우리가 주는 해약 없이는 죽은 목숨들인데 뭘 그리 물욕에 눈이 멀어 하루가 멀다 하고 깽판을 친단 말이요? 에잇 싯팔! 남궁 형! 제갈 형! 그냥 해약 끊어 버립시다!"

마겸왕의 흔들리는 눈동자, 그 동요하는 기색에서 일견 처량함이 느껴진다.

"네, 네놈들! 사람 목숨을 가지고 그러는 거 아니다!"

장일룡이 피식 웃었다.

평생을 수틀렸다 하면 낫으로 상대방의 이마를 찍어 버리며 살아온 살귀, 마겸왕께서 사람의 목숨을 운운하니 실소가 터져 나온 것이다.

"소림방장 머리 감는 소리 하고 자빠졌네. 그 살벌한 낫부터 좀 치우고 사람 목숨 운운하슈."

"픕!"

누구의 것인지 모를 웃음 참는 소리가 객잔 내부에 울려 퍼지자 마겸왕이 정신없이 두리번거렸다.

"웃은 새끼 누구냐? 어떤 새끼야!"

손으로 입을 막고 필사적으로 참고 있는 사람은 다름 아닌 그의 제자 염상록.

마겸왕이 사슬낫을 빼어 들며 이를 꽈득 깨물었다.

"이놈들과 붙어먹더니 정녕 네놈이 실성을 해 버린 게로구나! 오냐! 네 오늘 네놈에게 사부의……!"

"가, 가까이 오지 마시죠?"

어느새 품에서 해약(?) 뭉치를 꺼내 창밖으로 던지는 시늉을 하고 있는 염상록.

보름마다 흑천련에 해약을 배달하는 임무는 염상록이 맡고 있었다.

"이거 다음 해약인데 지금 없앤다면 어떻게 될까요? 해약 만들기 힘든 것 아시죠?"

"와 씨. 겁나 화끈하구만."

장일룡이 혀를 내두른다. 자신도 사부를 싫어했지만 저 정도는 아니었다.

'이 무슨?'

단백우는 아직도 상황을 파악하지 못하고 멍한 얼굴을 하고 있었다.

육중한 쇄겸과 희끗한 염소수염.

허리에 요대처럼 감고 있는 핏빛 강편과 엄청난 장신.

그 특이한 인상착의들만 봐도 저들은 틀림없는 흑천련의 마겸왕과 독편살왕이었다.

흑천련 내에서의 흑천팔왕(黑天八王)의 위계는 련주 이하 제일.

지금 그런 살벌한 자들을 극독으로 중독시키고 해약으로 부리고 있단 말인가?

이 정파의 어린 후기지수들이?

그때 마겸왕이 악귀처럼 변한 얼굴로 다시 제갈운을 쳐다보았다.

"그럼 한빙주와 흑청수의 공급이라도 늘려라! 지금의 양은 너무 터무니없다! 팔기는커녕 본 련이 소화하기에도 부족하단 말이다!"

장일룡이 귀를 판 손을 후 불었다.

"뭐 거긴 술 못 먹어서 죽은 귀신들만 있수? 안 먹고 팔면 되지 그걸 또 다 처먹어 버리는가 보네."

제갈운이 골머리 아프다는 듯 미간을 매만졌다.

지금 조가대상회를 가장 곤란하게 하는 것은 의외로 천상운차나 철방의 병장기들이 아닌 한빙주와 흑청수였다.

특히 한빙주의 수요가 너무 폭발적이었다.

강서 일대의 주정(酒精)을 모조리 사들이고 있지만 그 특유의 공법 때문에 생산량에는 한계가 있었다.

한빙주의 출하량을 늘리려면 한설현 소저가 조가양조장을 벗어날 수가 없었다.

모든 얼음 생산을 그곳에 매진해야 하기 때문.

"그 문제는 노력하고 있어요. 그러나 당장은 어찌할 방도가 없네요."

무언가 특단의 대책이 필요했다.

지금 출하량이 그대로 유지된다면 암시장에서의 가격이 천정부지로 치솟을 터.

당장이야 꿀을 빨 수 있겠지만 장기적으로는 반드시 부작용에 시달리게 된다.

'하…….'

또 한 번 감탄하게 되는 제갈운.

조휘의 빈자리가 새삼스럽게 거대하게 느껴진 것이다.

삼 년 동안 합비를 별천지로 만든 것도 대단했지만 이 골머리 아픈 모든 상황을 일일이 대처해 온 조휘는 진정으로 인간이 아니었다.

"상단이나 객잔, 주루에 납품하는 양을 줄이면 될 것 아니냐!"

"싯팔, 흑천련만 입이고 강서 사람들은 주둥이유? 수틀리면 그냥 판 뒤집는 수가 있수다?"

"파, 판을 뒤집어?"

장일룡이 비대한 가슴 근육을 썰룩였다.

"자꾸 앵앵대면 기존 거래도 끊어 버린다 그 말이여."

"……."

이미 흑천련은 한빙주와 흑청수, 육겹면포와 냉차 없이는 살아갈 수가 없다.

련의 대부분의 무사들은 육겹면포로 점심 끼니를 때우고 있었고, 허구한 날 수하들과 한빙주로 술판을 벌이고 있는 철권왕, 심지어 련주는 머리만 어지러우면 흑청수를 대령하라고 난리도 아니었다.

그 환상의 맛, 미각의 별천지는 자신도 익히 인정하는 바.

이미 흑천련은 조가대상회의 먹거리에 종속되어 버린 것이나 다름없었다. 사도세력을 양분하고 있는 흑천련이 지금 음식으로 통제되고 있는 것이다.

비루먹은 강아지마냥 조가대상회가 던져 주는 먹거리의 양에 따라 일희일비하는 것이 당금의 흑천련의 신세!

그때 제갈운이 후 하고 한숨을 내쉬며 입을 열었다.

"아니 저희가 이러라고 조가성심당의 운영권을 드린 게 아닐 텐데요. 정상적으로 영업을 하라고 드린 거잖아요? 한데 그걸 다 흑천련이 소비해 버리면 어떡합니까?"

흑천련은 조휘에게 조가성심당의 운영권을 받고도 단 한 냥의 수입도 벌어들이지 못하고 있었다.

이럴 거면 그저 성심당의 숙수만 제공해 준 꼴.

이미 흑천련의 조가성심당은 련에 종속된 식당에 다름이 아니었다.

그때, 지금까지 단 한마디도 하지 않고 있던 독편살왕이 그 특유의 갈라지는 목소리로 말했다.

"과연 그놈이 지금의 상황을 예측하지 못했을까?"

독편살왕의 눈이 살기로 물든다. 그가 말하는 '그놈'은 분명 조휘일 터.

"실로 무서운 놈이다. 이미 이런 모든 상황을 예상하고 련주님께 이걸 남겼더군."

"그게 뭐냐?"

독편살왕이 마겸왕에게 건넨 것은 서찰이었다.

호기심 어린 눈으로 서찰을 펼쳐 읽던 마겸왕의 얼굴이 점점 일그러졌다.

"안휘의 물량을 일정 부분 본 련으로 보내 주는 대신 총단의 반을 철수하라고?"

흑천련 총단의 반을 철수하라고?

이건 단순히 인적 물적 자원을 절반으로 줄이는 문제가 아니다.

련의 고수 대부분은 강서의 상계에 깊숙이 개입되어 있다.

사업장들을 맡고 있던 관리자들이 한날한시에 모두 빠져 버린다면 련이 제대로 돌아갈 리가 없었다.

한데 독편살왕이 련주로부터 저 서찰을 전달받고 이곳에 가져왔다는 의미는?

그 불길한 예감, 설마 하는 마음에 마겸왕의 입이 조심스럽게 열렸다.

"혹 련주께서 '그 새끼'의 의도대로 움직이시려는 건 아니겠지?"

마겸왕의 질문에 묵묵부답으로 일관하는 독편살왕.

대신 대답은 제갈운에게 했다.

"총단의 반을 철수하도록 하지. 단, 조건이 있다."

"크아아악! 뭐라고!"

비명과 함께 경악하며 날뛰는 마겸왕.

총단의 반을 철수하라는 그 새끼의 흉심대로 움직여 준다고?

아니, 련주가 미치지 않고서야?

"우리가 그런 요구를 왜 들어줘야 하느냐! 진정 련주님의 명이 맞기는 한 거냐?"

"······한심한 놈."

독편살왕은 련의 사정이 어떻게 돌아가는지도 모르고 화만 내면 다인 줄 아는 마겸왕이 한심했다.

"허구한 날 여자나 끼고 술만 처먹을 줄 알지 네놈이 련의 사정을 제대로 알기나 하느냐?"

독편살왕의 진득한 살기가 제갈운을 향했다.

"아마 이놈들의 주인은 여기까지도 예측했겠지. 총단의 절반 운운했던 것도 결코 우연이 아닐 터."

독편살왕이 이를 꽈득 깨물며 마겸왕을 쳐다봤다.

"이미 조가대상회는 강서의 상권을 육 할 이상 잠식했다. 네놈은 본 련의 상권을 훑어본 적도 없느냐? 객잔이고 주루고 상단이고 모두 파리만 날리고 있거늘!"

"뭐라?"

"사람들이! 은자가! 모두 조가대상회로만 몰리고 있다! 본련의 고수? 태반이 밥만 축내는 백수다 이놈아!"

돈도 못 버는 놈들이 의미 없이 밥만 축내고 있다고?

아니 무엇보다 이 자식들이 강서의 상권을 육 할 이상 처먹고 있다고?

이제 세 달도 채 지나지 않았는데?

어이가 없었다.

보아하니 그 육 할이라는 것도 시작에 불과할 것이다. 지금도 조가대상회가 찍어 내는 상품들의 수요가 폭발적으로 늘어나고 있는 터.

이런 마당이면 오히려 련에서 먼저 총단의 규모를 줄여야 하는 상황이다.

"개새끼들! 다 쓸어버려……!"

거칠게 소리치던 마겸왕이 갑자기 굳게 입을 닫는다.

지금껏 련의 이권을 침범했던 세력들 중에서 무사한 곳은 없었다.

그 엄청난 수를 자랑하던 녹림 역시 고작 련의 뱃길을 조금 침범했다고 열두 곳의 산채가 박살난 터.

한데, 고수는커녕 이런 조무래기들만 있는 조가대상회 따위가 무엇이 두려워……!

몹시 두렵다.

문득 마겸왕이 자신의 제자를 흘깃 쳐다본다.

아직도 창밖으로 뻗어 있는 저 빌어먹을 제자의 손에는 다음 달 초에 자신들이 먹어야 할 해약이 쥐어져 있었다.

"무슨 요구죠?"

제갈운의 질문에 독편살왕의 눈빛이 더욱 끈적해진다.

"무형지독의 완전한 해약, 그리고 조가대상회의 운영에 본련이 참여할 수 있도록 무영왕(無影王)을 파견하는 조건이다."

제갈운은 내심 치밀어 오르는 웃음을 참느라 죽을 지경이었다.

저들이 보름마다 처먹고 있는 해약은 다름 아닌 조휘가 평소 자양강장제로 먹던 활력진단(活力眞丹)이다.

생사의문(生死醫門)의 유명한 상품인 활력진단은 고관대작이 아니면 입에도 대지 못할 정도로 비싼 생약.

허나 조휘는 해약의 맛이 바뀌면 흑천련의 의심을 살 것을 우려해 반드시 해약을 활력진단으로 유지하라고 명령했다.

조가대상회로서도 보름마다 수십여 명분의 활력진단을 내어 주는 것이 만만치 않은 재정 출혈인 상황.

상회를 운영하는 입장에서는 서둘러 이 상황을 마무리하는 것이 좋았다.

하지만 그들이 중독되었다고 믿는 시간이 길어지면 길어질수록 이득인 상황.

돈 몇 푼 아끼자고 흑천련을 손에 쥐고 흔들 기회를 놓칠 수는 없었다.

"불가. 일단 하독(下毒)의 당사자이신 조휘 소협이 출타 중인 상황에서 제가 완전한 해약을 담보드릴 수는 없는 문제죠. 그리고 조가대상회의 운영에 참견하시겠다? 사사건건 시비를 걸어올 것이 분명한데 그 역시 결코 받아들일 수 없습니다."

"그럼 총단의 절반을 철수하는 일은 없는 것으로 하지."

"자, 잠깐만요."

조휘가 안휘의 물량을 빼내어 준다는 약속까지 하며 흑천련 총단 절반의 철수를 다짐받았을 때는 다 그만한 이유와 계획이 있을 터.

한데 왜 이런 것을 자신에게 미리 언질해 주지 않고 홀렁 떠나 버렸단 말인가!

제갈운이 이를 물며 고개를 끄덕였다.

"좋아요. 조금 양보하도록 하죠. 일단 그 무영왕이란 사람을 만나 보겠어요. 아무리 그래도 회(會)의 운영을 함께 논할 인사인데 얼굴도 보지 않고 허락할 수는 없는 문제잖아요?"

"좋다."

흔쾌히 고개를 끄덕이는 독편살왕의 태도를 살피며 그제야 당했다는 생각이 드는 제갈운.

그가 '완전한 해약' 문제를 거론한 것은 협상력을 높이기 위한 가림막에 불과했던 것이다.

애초에 협상의 진정한 목적은 조가대상회의 운영에 참여하는 것임이 분명했다.

무림세가 4

"내일 무영왕과 함께 다시 찾아오도록 하지."

망설임 없이 몸을 돌려 객잔 밖으로 나가는 독편살왕.

졸지에 안휘의 물량을 내주고 회(會) 운영의 참여를 허락해 준 꼴이라 제갈운의 마음은 찜찜하기 그지없었다.

"개새끼들! 네놈들은 언제고 반드시 본 왕에게 처참하게 뒈질 것이다!"

마겸왕까지 휙 하고 사라지자 장일룡이 가슴을 씰룩이며 비릿하게 웃고 있었다.

"크흐, 조휘 형님 앞에서는 찍소리도 못 하는 늙은이들이 허세가 아주 그냥 하늘을 찌르는군."

그때, 이 모든 상황을 지켜본 무황이 감찰교위 단백우를 점잖게 불렀다.

"단 교위, 준비해 온 맹령을 이리 줘 보시게."

"예, 맹주님."

이내 단백우는 무림맹주의 직인으로 봉해진 서찰을 공손히 내밀었다.

"음⋯⋯."

서두에는 무림맹의 역사, 존재의 이유, 수많은 문파들이 공동으로 연대하는 목적과 명분을 도도하게 설명해 놓았고.

중간 부분부터는 수많은 강호의 혈겁 속에서 역대 무황들의 휘황찬란한 활약과 전설적인 무위, 무림맹의 전공과 성과들을 일일이 칭송하고 있었다.

종래에는 이런 위대한 역사 그 협의의 길에 참여하는 영광을, 조가대상회에게도 허락한다는 내용이 화려한 수사로 써져 있었다.

가히 일필휘지.

가슴이 웅장해지는 글귀다.

허나 이 모든 화려한 수사는 '무림맹의 휘하로 들어와 정기적으로 상납을 하라.'라는 말을 돌려서 좋게 말한 것에 불과한 터.

그런 맹령이 담긴 서찰이, 무황이 일으킨 삼매진화(三昧眞火)에 의해 삽시간에 불타올랐다.

"매, 맹주님!"

당황한 빛이 가득한 단백우의 얼굴.

지금 무황의 행동은 이 먼 곳까지 와서 맹령을 철회한다는 뜻이었다.

"단 교위."

"예! 맹주님!"

무황의 입가에는 씁쓸한 미소가 어려 있었다.

"본 맹 군사부(君師部)의 그 어떤 군사가 흑천련의 총단을 절반이나 강서에서 물릴 수 있었는고? 지금까지 그런 계책을 낸 이가 있었는가?"

"……."

연신 긴 수염을 쓸어내리며 의미심장하게 웃고 있는 무황.

"그것도 아니면 강서 상권에서 흑천련의 영향력을 축소시켜 그들의 이익을 줄어들게 만들고 거시적으로는 사파(邪派)의 세력 자체를 약화시키는 일은 또 어떠한가?"

"아니 맹주님, 그렇지만 맹령을……!"

무황이 자리에서 일어나며 제갈운에게 깊은 눈빛을 보냈다.

"허나, 아무리 적이라고는 하나 음독시켜 해약으로 구속하는 것은 명가를 자처하는 후배들로서 결코 행해서는 안 될 일. 굳이 정도(正道)를 따질 것도 없이 대장부의 의(義)가 버젓이 살아 있을진데 어찌 그와 같은 일을 벌였단 말인가?"

"그게 아니라……."

제갈운이 뭐라 해명하려 들기도 전에 남궁장호가 깊숙이 몸을 숙이며 예를 표했다.

"맹의 일원, 세가의 이름에 부끄러운 짓을 했습니다. 맹주께서는 부디 노여움을 거둬 주십시오."

남궁장호가 몸을 숙인 채로 노려보자 제갈운도 다급히 함께 몸을 숙였다.

"죄, 죄송합니다."

후기지수들의 출중한 예법과 깔끔한 사죄에 그제야 흐뭇하게 미소 짓고 있는 무황.

"하루라도 빨리 결자해지(結者解之)하시게."

그제야 뭔가 생각난 듯 제갈운이 정신없이 주방으로 뛰어갔다.

"잠시만 기다려 주십시오!"

주방에서 잠시 소란스러운 소리가 일더니 곧 제갈운과 점소이가 옥으로 빚어낸 듯한 커다란 유리병(琉璃瓶)을 쟁반에 받쳐 들고 왔다.

"호오?"

유리로 만든 병이라니!

그 고급스러움이 단숨에 느껴진다.

"그게 한빙주란 술인고?"

제갈운이 자부심 어린 표정으로 고개를 가로저으며 유리병을 내려놓았다.

"설화신주(雪花神酒)라는 이름을 지닌 술입니다. 저희 조가양조장에서 일 년에 백여 병 정도만 내놓는 극상품의 한빙주라 할 수 있습니다."

"호오!"

무황이 서둘러 털썩 자리에 앉더니 코를 벌름거렸다.

"한빙주의 명성도 대단하거늘, 그 한빙주 중에서도 가려 뽑은 술이란 말인가? 허어!"

무황은 진인에 이른 도사답지 않게 지극한 주당.

그 소문을 제갈운도 익히 들어 알고 있었다.

뽕!

제갈운과 점소이가 설화신주의 마개를 따며 뉘이자, 맑고 청아한 주향이 삽시간에 사방으로 퍼져 나갔다.

"흡!"

그 그윽하고 청아한 주향에 무황의 정신이 달아날 지경.

꼴꼴꼴꼴.

흘러내리는 그 빛깔마저도 곱고 아리땁다.

"여기, 한번 드셔 보십시오."

"어서! 어서 주시게나!"

무황이 건네받은 술잔을 코에 갖다 대며 한 차례 빙 두르더니 별안간 괴성을 질렀다.

"세상에 이런 주향이! 가히 취선(醉仙)에 이를 술이로구나!"

꼴깍꼴깍.

마침내 혀를 타고 술의 길(道)이 열렸다.

독특한 향과 함께 감미로운 맛의 향연이 혀를 감아 식도에 이르자.

'허어!'

타는 듯한 목 넘김도 잠시, 위장 전체를 부드럽고 따뜻하게 감싸는 듯한 그 느낌이 실로 기묘하고 오묘했다.

끝 맛은 또 어떠한가!

알싸한 향, 그윽한 맛이 또 한 번 피어나 입 안에서 만발한다.

마침내 온몸의 구석구석이 상쾌해지는 듯한 청량하고 시원한 느낌으로 마무리!

"허어? 허어어어?"

엄청난 술맛의 쾌락이 지나가자 좀처럼 말을 잇지 못하는 무황.

그런 무황의 반응에 그렇지 않아도 호기심이 치밀던 단백
우에게도 술잔이 건네진다.

"……흡!"

단백우의 충격도 무황에 못지않았다.

세상에 이런 술이 어떻게 존재할 수가 있단 말인가?

한데 그런 그들에게로 조가대상회의 자랑 흑청수마저 건
네졌다.

"술의 쓴맛을 달래기에는 흑청수가 최고입니다."

"흑청수(黑淸水)?"

"쭉, 쭉 들이켜시지요."

"호오, 알겠네."

호기심 잔뜩 어린 눈으로 흑청수를 바라보던 무황이 그대
로 잔을 들이켜자.

"꺼어어어어억!"

세상에 이런 시원함이!

마치 뱃속의 십 년 묵은 기름진 고기들이 모두 내려가는 듯
한 미친 소화감!

그 청량하고 시원한 쾌감에 심장이 다 벌렁거릴 지경이다.

"꺼어어어어억!"

단백우도 기절할 듯 놀란 얼굴로 흑청수가 담긴 잔을 쳐다
보고 있었다.

아니 진정 이것들이 사람이 만든 술과 음료가 맞는 것인가?

"허허허허!"

단지 뭔가를 먹는 것만으로 이런 기꺼움이 느껴지는 것은 실로 오랜만.

순간 무황이 욕망 가득한 눈으로 제갈운을 응시했다.

"이 술과 흑청수를 맹으로도 보내 주시게."

"예?"

무황이 협상은 없다는 듯 자리에서 일어났다.

"앞으로 맹이 조가대상회를 핍박하는 일은 없을 것이네. 다만 맹으로 이 술을 보내야 할 것이야."

"아, 아니 맹주님."

아니 무황님?

산서가 어디라고 그 먼 곳까지…….

"어허! 이 좋은 술을 흑천련에게는 보내 주면서 맹은 안 된 단 말인가?"

"……."

멍하게 굳어 있는 제갈운과 남궁장호에게 무황이 추상같이 꾸짖었다.

"맹령(盟令)이야!"

◆ ◇ ◆

무(武)란 무엇인가?

조휘는 이와 같은 명제를 그다지 고민해 본 적이 없었다.

그저 막연하게 동경하던 힘.

인간이라면, 사내라면 누구나 갈망하고 꿈꿔 보는 평범한 욕망 중의 하나.

자신에게 있어서 무공이란 딱 그 정도의 욕망이었다.

현대 사회에서의 힘이란 부와 권력, 명예나 인지도, 혹은 외모나 언변에서 나온다.

반면 그 세계에서의 무(武)는 그다지 효율적이지 않았다.

그럴 수밖에 없는 것이 공식적이지 않은 폭력은 모조리 불법이기 때문이다.

현대에서 싸움은 폭력이고 폭력은 강력한 법치로 제한된다.

투(鬪), 즉 무(武)가 허용되는 유일한 체계는 바로 스포츠.

인간의 내면에 내제된 잔혹한 폭력성을, 규칙과 제도로 거세하여 대중적인 열광만 남게 만드는 것.

그것이 바로 조휘가 일평생 경험한 무(武)였다.

그래서 조휘에게 있어 무공이란, 자신의 성공을 이루기 위한 수많은 도구들 중 하나에 불과했던 것.

이렇듯 무(武)를 대하는 마음에 대해 단 한 번도 고민을 해 본 적이 없었기에, 조휘에게 있어서 그런 자신의 마음가짐은 충격 그 자체였다.

당금의 강호에 자신을 능가하는 고수가 채 열을 넘기지 않을 거라는 검신 어른의 확언은 어제부로 철회되었다.

검신 어른으로서도 검총에서의 깨달음을 갈무리한 조휘의 진정한 능력, 그 밑바닥을 본 것은 이번이 처음이었기 때문이다.

같은 검총을 겪었지만 내심 조휘는 검신 어른보다 자신이 더 유리하다고 생각했다.

검신 어른은 현대의 수학을 몰랐다.

검천전능지체가 주는 물리학적, 수학적 정보들을 자신이 훨씬 구체적으로 바라볼 수 있는 것이다.

그러나 어제 검신 어른은 그런 검천전능지체가 자신의 발목을 잡고 있다고 확언했다.

조휘는 검신 어른의 그런 진단에 뼈저리게 동의할 수밖에 없었다.

만천화우를 피하던 검신 어른의 움직임.

그 움직임(動)들은 물리학적인 입장에서는 효율적이지 않았다.

오히려 자신은 다른 수많은 효율적인 선(線)들을 놔두고 왜 그렇게 움직이는지 이해를 할 수 없었다.

하지만 결과는?

예측이 하나도 들어맞지 않았다.

무의미하다고 여긴 검신 어른의 움직임들은…….

먼저 나아갔으며, 이내 공간을 선점했고, 끝내 화우를 무력화했다.

그것은 마치 초당 수억 개의 연산을 할 수 있는 컴퓨터의 두뇌(CPU)라 할지라도 결코 인간의 감정을 이해할 수 없는 것과 같은 종류의 느낌이었다.

조휘의, 현대인의 눈으로는 결코 이해할 수 없는 기이한 광경.

그 어떤 필설로도 형용할 수 없는 현묘한 동작.

그때 조휘는 뼈저리게 느낄 수 있었다.

자신이 검총에서 얻은 것은 무(武)가 아니라 기술(技術)이 었다는 것을.

의념을 발휘하는 것이 무혼이며 그것이 즉 절대라고?

바로 사흘 전까지만 해도 조휘에게 있어 천검류의 성하력 (星河力)이나 공공력(空空力)은 의념, 즉 무혼이 아니었다.

공간을 수학적으로 인식하고 파동으로 비틀어 움켜쥐는 것.

그 과정을 물리학적으로 '인식'하고 '발휘'할 수 있는 것이 과연 무혼일까?

검신 어른이 물었었다.

-네놈에게 있어 무(武)는 무엇이냐?

대답할 수 없어 역질문을 해 댔다.

'어른에게 무(武)는 무엇입니까?'

검신 어른은 한 치의 망설임도 없었다.

-천하에 홀로 선 본 좌의 고독(獨)이자 필생을 염원하는 마음(心)이다. 갈망하고 희망해 온 길(道)이자 갈고닦아 헐어진 나의 넋(靈)이며 시련을 딛고 일어난 나의 얼(神)이다.

독심영신도(獨心靈神道).

검신이기 이전에 인간 조천의 정체성 그 자체를 한 치의 망설임도 없이 명료하게 설파하고 있었다.

자아(自我)의 강함이 수치로 표현될 수 있다면 검신 어른의 확고한 자아는 어느 정도나 될까?

과연 사람이 어떤 가치에 대해 저만한 확신을 가질 수가 있는 것인가?

검신 어른은 이런 자신의 어지러운 마음을 읽고서는 단번에 방향을 잡아 주었다.

-이제는 선택을 해야 하느니.

'선택'이라는 단어를 듣자마자 자신의 어떤 단면이 꿰뚫리는 듯한 시원한 깨달음의 충격이 몰아쳤다.

'나는 강호인인가? 현대인인가?'

지금까지 언제나 조휘이면서도 조영훈이었다.

그것이 무혼을 가로막고 있는 단단한 벽.

이걸 선택해야 한다고?

이와 같은 물음에 섣불리 대답할 수 없는 것, 그 자체만으로도 자신은 마음(心)을 세운 무인이 아니었다.

파아아앙!

야공 위로 조휘의 검광이 솟구친다.

극의를 이루기 위해 현대인의 정체성을 버리라고?

'아니.'

종용하지 마시죠.

무의 극의에 이르는 방편이 그토록 단순하고 편협할 리 없
잖습니까.

눈부신 검광이 사방으로 만발한다.

독심(獨心)?

저는 어른처럼 차가운 마음의 골방에서 외롭게 살기 싫습
니다.

홀로 무한을 이룩해 본들 함께 나눌 이가 없다면 무슨 충만
함이 있겠습니까.

촤아아아아아!

눈부신 검광들이 야공을 가득 메우더니 곧 수많은 별(星)
들로 화했다.

갈고닦아 희망하는 마음이라고요?

저에게도 그런 것이 있습니다.

생(生).

그것은 살고자 하는 의지.

참(懺).

지난 생을 뉘우치는 회한이며.

진(進).

나아가고자 하는 욕망.

화아아아악!

마음(心)이 담긴 조휘의 검초는 과거의 천하유성검과는 달
랐다.

검은 야공 속에서 표표히 흩날리는 광휘들.

한결 더 자유로워 보이는 그 빛살들은 마치 모두가 어떤 의지를 가진 것처럼 자유롭게 휘날리고 있었다.

그 순간 조휘는 검을 거두고 야공을 올려다보았다.

꽉 쥔 주먹 속에서 전과는 결이 다른 오묘한 힘이 느껴졌다.

-허허, 그것이 너의 선택이더냐.

조휘의 달라진 눈빛이 말하고 있었다.

조휘이면서도 조영훈임을 부정할 수 없는 것이, 강호인이면서도 현대인의 자아를 포기할 수 없는 것이 지금의 의지.

그런 자신의 선택을 검신 어른도 기껍게 인정해 주었다.

-훌륭하다.

무인이 가장 먼저 해야 할 일은 마음을 오롯이 세우는 것.

이제 자신의 어린 제자는 진정한 무(武)를 일신에 아로새길 자격을 갖추게 되었다.

-본 좌가 검총에서 깨달은 검을 왜 천검(天劍)이라 칭했는지 아느냐?

하늘에 이른 검(天劍).

조휘가 고개를 갸웃거렸다.

"엄청 세니까?"

검신이 너털웃음을 터뜨리며 말을 이어 나갔다.

-허허, 무릇 검의(劍意)의 본질은…….

그렇게 검신은 자신의 제자를 진정한 무인, 한 사람의 검수로 만들기에 여념이 없었다.

당가타의 별원.

그곳에서 진정한 의미의 절대, 소검신(小劍神)이 탄생하고
있었다.

◆ ◆ ◆

"가주님께서 깨어나셨습니다."

당인상과 함께 별원에서 차를 마시고 있던 조휘가 묵묵히
고개를 끄덕였다.

"다행이군요."

총관 당학서는 곧바로 자리를 털고 일어났다.

"외인이 암왕전(暗王殿)을 방문하는 것은 당신이 처음일
것입니다. 가시지요."

길을 잡으려다 잠시 망설이던 당학서가 당인상을 응시했다.

"독조(毒祖)님도 암왕전에 와 계십니다."

"음……."

현재 당가타에서 공식적으로 독조라고 불리는 자는 단 한 명.

일백 세 이상을 향유하고 있는 전전대 가주, 당익(唐益)이
었다.

문제는 그가 가주의 위에서 물러나며 금분세수(金盆洗手)
를 했다는 것.

강호인이 금대야에 손을 씻는다는 것은 모든 은원을 씻고 은퇴한다는 의미.

금분세수를 한 강호인은 결코 강호의 행사에 참여할 수 없다.

원로원에도 남을 수 없는 그가 당가타의 암왕전을 방문했다는 것.

그것은 자신을 보겠다는 의미다.

'아버지…….'

냉혹한 눈으로 당인상의 무공, 그 모든 것의 전폐(全廢)를 지시했던 사람.

그는 기어가는 자신에게 장난처럼 절대독룡포를 입혀 주는 형님을 제지조차 하지 않은 냉혈한이었다.

자신의 그 어떤 해명에도 아랑곳하지 않은 아버지.

그렇게 가문의 배신자로 낙인찍어 놓고 이제 와서 왜 보겠다는 것인가?

"난 가지 않겠소."

"짐작하셨겠지만 만나고 싶어 하십니다."

당인상은 냉정하게 고개를 가로저었다.

"그대가 말한 대로 나는 외인. 외인이 함부로 암왕전에 갈 수는 없는 노릇이지. 나는 이곳에 남겠소."

"음……."

당인상이 이런 반응을 할 것이라 예상한 것일까?

총관 당학서가 소매에서 서찰을 꺼내 당인상에게 건네주었다.

"독조님의 서찰입니다."

당인상은 형용할 수 없는 복잡한 감정으로 서찰을 바라보고 있었다.

조휘가 자리에서 일어났다.

당인상에게는 혼자만의 시간이 필요할 터.

"갑시다."

묵묵히 고개를 끄덕이며 먼저 길을 잡는 당학서.

조휘는 그를 따라 나서며 새삼스럽게 당가타를 훑어보았다.

어찌 보면 평범한 마을 같았다.

수확한 독초를 이리저리 헤집으며 해충을 확인하고 있는 아낙네들.

볏단 속에서 키운 독충을 서로 손에 든 채, 무엇이 그리 즐거운지 연신 키득거리는 아이들.

여기저기 소담스러운 굴뚝, 뭉게뭉게 피어나는 연기까지.

연공을 하러 떠나 독수들이 없는 당가타는 여타의 마을들과 별다를 것이 없었다.

하지만 그런 정겨운 광경은 여기까지.

암왕전의 문턱을 지나자 모든 분위기가 일변했다.

끼이이이잉.

쾅!

암왕전의 문이 닫히자 끝 모를 어둠이 펼쳐졌다.

한 치의 빛도 들어오지 않는 완벽한 어둠 그 자체인 곳. 그 야말로 암왕(暗王)이 거하는 거처다웠다.

그때 조휘의 기감에 밀도 높은 살기가 감지되었다.

암왕전 곳곳에 은신하고 있는 독수들의 기운이 느껴진다.

그야말로 물샐틈없는 호위.

만약 저들이 자신을 적으로 인식했다면 수많은 암기와 독 이 일거에 쏟아졌을 것이다.

조휘는 오히려 삼패천이라 불렸던 흑천련보다 오대세가인 사천당가의 방비가 훨씬 대단하다고 느껴졌다.

"이쪽입니다."

안력을 일으키지 않았다면 알아보기 힘들 정도의 벽면에 자리 잡은 볼록한 기관 장치를 총관 당학서가 깊숙이 눌렀다.

쿠쿠쿠쿠쿠쿠.

거대한 벽이 해체되며 드러난 암왕의 대전.

저기 먼 곳에 수십 마리의 독룡이 양각된 태사의가 한눈에 들어왔다.

거기에 당무호가 앉아 있었다. 또한 당가의 최고수들이 당 가주의 좌우로 포진해 있었다.

조휘가 그들의 면면을 살폈다.

흑천련의 팔왕 못지않은 고수들이 즐비했다.

그 분위기나 위압감은 어쩌면 남궁세가를 능가할 정도였다.

과연 홀로 사백 년 동안 천마의 후예들을 상대해 온 가문다운 위세.

조휘는 강호에 알려진 이들의 명성이 오히려 부족하다는 느낌마저 들었다.

꾸르르르르룽!

쿵!

암왕의 대전, 그 육중한 철문이 닫히자 조휘가 씁쓸하게 웃으며 입을 열었다.

"이거 방비가 너무 철저한 것 아닙니까?"

그런 조휘의 말에 교룡당의 당주 당사(唐仕)가 진득한 눈빛을 빛냈다.

"그대는 홀로 암왕을 제압한 절대의 고수요. 이 정도 방비도 없다면 오히려 그대를 향한 모독이 아니겠소?"

"아직도 저를 적(敵)으로 인식하고 계시는군요."

당사는 비릿하게 웃었다.

"당가(唐家) 이외에는 모두가 적이오. 우리는 그렇게 살아왔소이다."

너무도 오만하고 지독하다.

자신의 가문 외에는 모두가 적이라니.

하긴, 그것이 당가라는 이름이 지닌 힘의 근원.

"……혹, 천마성을 상대하자는 그대의 말, 그 속에 따로 담긴 진의가 있는가?"

지친 듯한 당무호의 음성.

태사의에 기댄 채 태연한 척하고 있었지만, 선천진기마저 소비한 그였기에 아직 회복은 머나먼 길이었다.

"왜 자꾸만 해석하려 드십니까. 제 본의에 다른 뜻은 없습니다. 우리 조가대상회와 철광석을 거래하는 대가로 함께 천마성의 사천지부를 도모하는 것. 그것이 저의 의지입니다."

당무호는 침중하게 얼굴을 굳혔다.

저 말이 진심이라면 실로 환영할 만하다.

굳이 남궁의 봉공이라는 직위에 의미를 둘 필요도 없이, 눈앞의 청년은 사천당가에 단 한 명도 존재하지 않는 절대경의 무인. 그 실력을 직접 본 마당이다.

하지만 그가 얻는 이문에 비해 자신들이 얻는 것이 너무 컸다.

"그대 쪽이 손해가 아닌가?"

당가 입장에서는 거래처를 바꾸는 단순한 일일 뿐이다.

물론 관을 자극하는 일이 될 것이 분명하지만 그마저도 조가대상회가 해결해 준다고 약속한 터.

절대경 무인의 전폭적인 지원을 받는 가치와는 결코 견줄 수 없다.

"글쎄요."

한편 조휘의 입장에서는 고개를 갸웃거릴 일이었다.

사천당가가 생산하는 철광석의 전매권을 행사한다는 것.

원석 거래처의 다변화는 조가대상회의 생존과 직결되는

일이었다.

서로의 이익이 이처럼 충돌하지 않으니, 오히려 성사되지 않는 것이 이상할 지경.

"그대의 진의에 다른 뜻이 없다면 그 거래, 승낙하도록 하지."

"아뇨. 한 가지 더 확실하게 해 둬야죠."

"천빙령 말인가?"

"잊지 않고 계셨네요."

그때, 육중한 철문이 다시 열리기 시작했다.

쿠쿠쿠쿠쿠쿠쿠쿠.

어둠을 뚫고 들어온 독수 하나.

"급보입니다!"

당무호의 눈빛이 일변했다.

"급보?"

독수가 조휘를 흘깃거리자 당무호가 다시 입을 열었다.

"그는 당가의 외인(外人)이 아니니 어서 고하라!"

독수가 침을 꿀꺽 삼키며 말했다.

"천마성 사천지부에 천마성혼기가 세워졌습니다."

당무호가 태사의에서 벌떡 일어났다.

"천마성혼기(天魔聖魂旗)?"

강호의 오랜 역사에서 천마성혼기는 단 하나만을 의미했다.

"……천마(天魔)가 재림(再臨)했단 말인가?"

29 章.

천마(天魔).

세간에 너무도 흔히 회자되는 바람에 오히려 그 절대성이 폄훼당하는 느낌의 그 이름.

파급력만 따진다면 강호의 긴 역사 속에서도 최강의 칭호.

만마(萬魔)를 다스리는 군주이자, 세상을 멸할 공포의 멸제(滅帝).

허나 무엇보다도 조휘를 당황하게 하는 것은, 천마라는 이름의 이면에 마신이라는 또 다른 칭호가 도사리고 있었기 때문이다.

전령의 말이 사실이라면 당대의 강호에 삼신(三神)의 후예

275

가 모두 모인 것.

검신의 제자, 조휘(曹輝).

무신의 가문, 사마(司馬).

마신의 후예, 천마(天魔).

각기 다른 시대의 절대자들이지만 그 후인들은 모두 한 시대를 살게 된 것이다.

이와 같은 사실은 결코 가볍게 치부될 일이 아니었다.

허나 조휘보다도 검신의 놀람이 더욱 지극했다.

-그럴 리가 없다! 그들의 뿌리인 만마총(萬魔塚)은 철저하게 파괴되었거늘!

검신 역시 마신을 직접적으로 본 적은 없다. 시대가 달랐기 때문이다.

하지만 그들의 후예라고 할 수 있는 암흑마교를 홀로 분쇄한 것은 다름 아닌 자신!

직접 팔대주교의 수급을 베었고, 암흑마교주의 심장을 갈랐으며, 그들의 진정한 뿌리라 할 수 있는 만마총을 주춧돌 하나 남김없이 파괴했다.

암흑마교의 후예라 할 수 있는 당대의 천마성(天魔城)이, 삼패천의 한 자리로 밀려 신강에 머물게 된 것은 다 그때의 후유증 때문이었다.

마교도들의 최전성기, 천마신교(天魔神教) 때의 힘을 지금까지 고스란히 보유하고 있었더라면 단독으로 강호 전체를 유린할 수 있었을 것이다.

그 모두가 마신이라 불리는 천마가 존재했을 때의 이야기.

천마가 있는 마교와 그렇지 않은 마교는 하늘과 땅만큼의
차이가 있었다.

-직접 내 눈으로 확인해야겠다! 신강으로 가자꾸나!

'네?'

검신 어른이 이토록 동요하는 모습을 처음 겪는 조휘.

항시 고아한 품위를 잃지 않던 그가 왜 이토록 들끓고 있단
말인가.

'삼신 중 최강은 검신 아닙니까? 그게 이리 호들갑 떨 일입
니까?'

검신 어른이 고함을 질렀다.

*-모르는 소리! 십만 교도에게 천마라는 이름은 신성(神性)
이다. 네 녀석은 평생 영혼을 바쳐 흠모하고 경배해 온 신이
지상에 재림한다면 어떤 감정이 들것 같으냐?*

현대인 시절 조휘는 종교를 믿진 않았다.

하지만 일반적인 종교인이 아닌 광신도들의 행태가 어떤
것인지는 매스컴이나 인터넷에서 수없이 보았었다.

자신들의 교주를 재림 예수라 믿어 버린 사람들.

진실로 내일을 종말이라 믿고 한날한시에 독극물을 먹고
자살하는 자들, 교주에게 순결을 바치는 여신도들, 스스로 재
물이 되어 순교한 자 등.

종교를 향한 광신적인 믿음이 얼마나 잔인한 결과를 초래
하는지는 너무나 잘 알고 있었다.

문득 조휘는 오싹함을 느꼈다.

'잠깐만? 그런 미친 인간들이 십만이라고?'

현대 사회에서 고작 수십 명의 광신도들이 일으켰던 파장
을 생각하면 상상만으로도 소름이 끼쳤다.

무려 '십만'이라니!

게다가 마교도들의 대부분은 일반인이 아니라 마공을 익
힌 마인이지 않은가?

광신도들이 무서운 것은 그 지독한 신념 때문.

그들에게 존귀하고 오롯하신 재림 천마의 명령은 신의 목
소리 그 자체였다.

스스로의 목숨조차도 초개처럼 버릴 수 있는 광신도들에
게는 그 어떤 두려움도 없다. 그래서 그들의 무공이 신공이
아니라 마공(魔功)이라 불리는 이유다.

천마의 재림이라는 것이 단순히 일개 초고수의 출현만을
의미하는 것이 아니라는 것을 이제 조휘도 인정할 수 있었다.

하지만 그렇다고 검신 어른이 이토록 동요하는 이유를 모
두 납득한 것은 아니었다.

지금의 정파 무림은 전에 없는 최전성기를 구가하고 있기
때문.

당대 무림맹도의 수는 무려 팔십만이다.

그런 조휘의 마음을 읽었는지 검신의 거친 목소리가 또다시 들려왔다.

-허풍이 심한 중원인들의 속성을 아직도 모르겠느냐? 그 모두가 사기의 일환인 터! 팔십만이라는 수에는 구파일방과 오대세가를 위시한 수많은 중소문파와 무관들, 그들의 모든 속가와 방계, 심지어 빈객과 향화객까지 포함되어 있을 것이다. 당장 개방만 해도 물경 수십만에 달하거늘 그들 중에서 맹도임을 부정하는 이가 있더냐?

엥?

어중이떠중이까지 다 포함시킨 수가 팔십만이라는 뜻인가?

-맹에 소속된 자들 중에서 순수한 무인은 이십만을 채 넘지 않을 것이다. 반면 마교도는 다르다. 그들은 이마에 향유를 바르고 영화령(永火靈)을 받아들여 신도가 된 이들만 자신들의 수에 포함시킨다.

'영화령이 뭡니까?'

-꺼지지 않는 마의 불꽃, 마공의 씨앗이다.

마공의 씨앗?

그럼 그 십만이라는 광신도들이 모두 마공을 익힌 마인이라는 말인가?

조휘는 소름이 일었다.

그때, 당무호가 태사의에서 벌떡 일어났다.

어느새 품에서 꺼내 든 오독령인(五毒令印)!

"총관은 지금 당장 맹에 전서구를 띄워 이 사실을 알리도록! 암룡당주와 교룡당주는 임무를 수행하는 모든 독수들에게 소집령을! 또한 독룡각의 완전한 개방을 허(許)한다!"

당가의 수뇌들이 일제히 한쪽 무릎을 꿇으며 예를 표한다.

"암룡당! 오독령을 받듭니다!"

"교룡당! 오독령을 받듭니다!"

"독룡각! 오독령의 이름으로 완전한 개방을!"

당무호가 교룡당주를 따로 응시했다.

"교룡당은 독수들이 모두 소집되면 전원 암사총통(暗蛇銃桶)으로 무장하고 언제든 출정할 수 있도록 대기하도록 하라!"

"존명!"

이윽고 뿌득 이를 갈며 바삐 머리를 회전하는 당무호.

하필 선천진기를 소모한 지금과 같은 상황에서 천마라니!

당무호는 멸혼독(滅魂毒)을 용독할 수 있는 가문의 고수들을 추리다가 문득 눈을 빛내며 조휘를 바라봤다.

"……도와줄 수 있겠소?"

암왕전의 태사의에 앉아 가문의 권위를 대변할 때와는 달리, 그는 지금 조휘에게 공대를 하고 있었다.

태사의에서 내려왔으니 절대경의 무인을 존중하고 있는 것이다.

조휘가 고개를 끄덕였다.

"일단 저는 정찰을 맡죠. 천마성의 사천지부를 당장 살피러 가 보겠습니다."

절망 속에서 당무호의 미소가 환하게 피어올랐다.

절대경의 고수가 정찰과 같은 극도로 위험한 임무를 먼저 나서서 해 준다는 것만큼 반가운 일이 없었다.

당가주 당무호가 정중하게 포권했다.

"당가불망은원(唐家不忘恩怨)! 결코 잊지 않겠소이다!"

주변의 모든 당가의 수뇌들이 놀란 눈으로 가주를 쳐다봤다.

당가는 은혜도 원수도 잊지 않는다는 오랜 가언(家言)이 당가주의 입에서 직접 흘러나왔기 때문이다.

당가의 가언은 결코 함부로 언급되지 않는다.

사무치는 원한과 복수를 다짐할 때와 천고의 은혜를 마음에 새길 때.

다행히도 오늘은 후자였다.

"당가불망은원!"

"당가불망은원!"

모두 당가의 수뇌들이 자리에서 일어나 자신에게 정중히 포권을 하고 있었다.

조휘가 묵묵히 끄덕이며 암왕전 밖으로 길을 나섰다.

조휘가 천마성의 사천지부를 찾았을 때, 그곳은 이미 텅 비어 있었다.

그래서 곧바로 신강으로 방향을 틀었다.

신강까지는 너무나 머나먼 길.

조휘는 마방에 들러 말을 세 필 구입한 후 망설임 없이 말 등에 몸을 실었다.

가슴속에서 기이한 열기의 파장이 느껴진다.

왠지 모를 기시감과 묘한 흥분.

처음 검총을 경험했을 때도, 합비를 통째로 먹었을 때도, 강서의 절반을 차지했을 때도 이 정도는 아니었다.

그 두근거림이 본질적으로 달랐다.

미지를 향한 두근거림.

은은한 두려움과 기이한 기대감.

신강으로 향하면 향할수록 내면의 어떤 감정이 반응하며 들끓는 기분이었다.

이히히히히힝!

투레질과 질주를 반복하는 흑마.

조휘가 흑마의 등에 날렵하게 몸을 뉘이며 바람의 저항을 줄일 때, 검신의 목소리가 다시 들려왔다.

-틀림없이 마신강림제(魔神降臨祭)가 열렸을 것이다.

'마신강림제?'

인세에 재림한 신의 현신을 축복하고 경배하며 충성을 다 짐하는 마교 전통의 피의 축제.

조휘도 무림총요라는 서책에서 본 적이 있었다.

끔찍하고도 잔인한 인신공양의 현장.

그 생생한 묘사에 당시에도 소름이 돋았었다.

제물로 선택된 마교도들은 환희에 찬 비명을 지르며 눈물을 흘린다.

마신의 제단에서 피를 흘린다는 의미는 재림 천마의 영원한 종복이 된다는 뜻이기에.

축제 기간은 보름.

그 기간 동안 제물로 바쳐지는 마교도들의 수는 기백이 넘어간다.

'그럼 사천지부에 마교도들이 없었던 이유가?'

-그렇다. 천마가 재림한 것이 확실하다면 반드시 마신강림제가 열릴 터.

미친놈들!

그럼 모든 마교도들이 서로 제물로 간택되기 위해 미친 듯이 신강으로 모여들고 있단 말인가?

적과 마주하고 있던 지부도 내팽개치고?

그야말로 광신(狂信)!

-마신강림제가 열렸는지 확인만 되면 곧바로 물러나라. 종복들은 몰라도 결코 수뇌들과는 교전하면 안 되느니라!

'예? 무슨 이유로요? 저도 마인을 경험하고 싶습니다!'

-암흑마교를 멸하고 만마총을 부순 나다. 저들이 피에 새

긴 대적(大敵)이 본 좌가 아니고 누구겠느냐?

'아!'

어설프게 건드리고 패퇴했다가는 정체만 들통나는 꼴.

아마 저 광신도들은 전 강호를 뒤져서라도 자신과 조가대 상회를 찾을 것이다.

그렇다면 더 이상 조가대상회의 존립이 불가능하다. 더욱 이 동료들이 위험에 빠질 수도 있다.

-네놈이 자연경에 들기 전에는 결코 마신과 만나는 것을 불허한다! 이는 사문의 존장으로서의 명이니라!

"아니 무슨 자연경이 뉘 집 개 이름입니까."

육성으로 튀어나온 불만.

그도 그럴 것이 검신 어른이 펼치는 자연경의 위력을 화산 파에서 고스란히 지켜본 마당이었다.

그런 인간 같지도 않은 경지를 어떻게?

검신 어른이야 평생을 검에 매진한 검귀이자, 혈옥으로부 터 천고의 재능을 취한 신이 내린 무재(武才)였지만 자신은 이제 검을 익힌 지 몇 년에 불과했다.

그것도 깨달음의 홀황, 그 삼 년의 시간을 뺀다면 실질적으 로 검을 잡은 것은 수개월도 채 지나지 않았다.

조휘는 억울했다.

"무슨 천 년 동안 세 명에 불과하다면서! 생사경이 그토록 쉬운 거였으면 죄다 하늘 땅 갈랐겠죠!"

-어리석은 놈.

검신 어른의 한심하다는 투의 음성.

-이립(而立:서른 살)도 전에 절대경을 이룩한 무인은 무림이라는 세계가 탄생한 이래 네놈이 처음일 터. 하물며 그 영혼에 세세토록 함께 무(武)를 토론할 본 좌가 강신하여 있거늘…….

"……."

-네놈에게 주화입마가 있을 수 있느냐? 벼락같이 찾아오는 돈오(頓悟)를 본 좌가 놓치게 할 성싶으냐? 망망대해와 같은 그 고독한 길을 너는 본 좌와 함께하지 않느냐?

순간 조휘는 눈시울이 붉어졌다.

자신을 어여삐 생각하는 검신 어른의 절절한 마음이 고스란히 느껴졌기 때문이다.

언제나 당연한 것이라 생각했다.

당연히 누릴 수 있는 것이라 여겼었다.

한데 그 모든 것은 전 강호에 오직 자신만이 누리는 혜택이었다.

소싯적 돌아가신 아버지.

그렇게 오랫동안 느껴 보지 못한 부정(父情)이 다시금 가슴을 적시고 있는 것이다.

"왜 이렇게까지 저에게……."

-잊었느냐?

"네?"

검신 어른의 음성은 여느 때보다 따뜻했다.

-나는 너의 사부이니라.

◆ ◆ ◆

청해성(靑海省) 끝자락.

메마르고 삭막한 시달목분지를 지나 용루합(龍樓哈)에 다다랐을 때 조휘의 물이 마침내 떨어졌다.

우우우웅!

빙공을 일으켜 가죽 부대 안의 수증기를 응결시키려 안간힘을 써 보았지만 끝내 마지막 남은 한 방울은 떨어지지 않았다.

"아흐……."

논바닥처럼 쩍쩍 갈라진 입술.

분명 과거에 읽었던 무협지 속 초고수들은 먹지도 자지도 않고 한 달쯤은 거뜬히 버티던데 그거 다 개소리였다.

고작 엿새 동안 물을 먹지 못한 것만으로도 이렇게 내장이 타들어 갈 것만 같은데!

생명을 유지하는 데 필요한 필수적인 요소, 즉 물과 소금, 영양이 체내로 들어오지 않는 이상 기력은 무조건 쇠하게 되어 있었다.

내공?

개 풀 뜯어 먹는 소리!

검천대신공이라는 천하의 절륜한 내공으로 아무리 내부를 다독여 본들, 기본적인 기력과 생기 자체가 떨어지고 있는데 무슨 소용이 있겠는가.

오히려 몸은 뒈지겠는데 정신만 더욱 말짱해지는 것이 기분만 더 더러울 따름이었다.

조휘가 마지막 남은 한 마리의 흑마를 초췌한 눈으로 응시했다.

말(馬)이 있어야 할 곳은 초원과 대륙이지 이처럼 메마른 사막이 아니었다.

이 녀석도 곧 함께 온 제 친구들처럼 유명을 달리할 것이다.

그래 착하지.

이왕 가는 거 그 피라도 내게……

"히익!"

광기 어린 눈으로 흑마의 목덜미를 찌르려다 황급히 철검을 거두는 조휘.

목마름, 그 처절한 갈증 때문에 잠시 정신이 나간 모양이다.

세상에, 이 머나먼 사막까지 자신의 발을 대신해 준 고마운 흑마를 죽이려 들다니!

순간 갑자기 흑마의 하부에서 노란 물줄기가 쏟아졌다.

졸졸졸!

물 비슷한 것이 눈에 들어오자 또다시 조휘의 눈에 광기가 스친다.

본능적으로 입을 대려다 어이가 없다는 듯한 표정으로 멍해지는 조휘.

그제야 자신의 이런 증세가 검신 어른이 조심하라던 갈광증이라는 것을 눈치 챌 수 있었다.

갈광증(渴狂症).

따로는 표선병(漂船病)이라 불리는 증세.

표류하는 배의 선원들이 갈증을 견디다 못해 결국 서로를 죽고 죽이며 미쳐 버리는 병.

갈광증의 끝은 눈동자도 움직이지 못할 정도의 지독한 무기력감이다.

그제야 끝도 없이 펼쳐진 사막을 응시하는 조휘에게 두려움이 밀려왔다.

-내력으로 천돌혈(天突穴)을 계속 자극하면 침이 분비될 것이다. 그때 혀를 말아 입천장에 붙이거라. 갈증은 마찬가지겠지만 상당히 도움이 될 것이다.

왠지 미안한 듯한 검신의 목소리.

그도 그럴 것이 검신이 길을 잡아 준 대로 나섰다가 상황이 이 지경까지 이르게 된 것이기 때문.

검신이 곧 사막의 샘이 나타날 것이라며 조휘에게 호언장담할 때마다 언제나 나오는 것은 메마른 모래 분지와 신기루뿐이었다.

조휘가 거칠게 고개를 도리질하며 듣기 싫다는 듯 귀를 막

왔다.

"아아! 안 들려! 안 들려! 이제 사부님 말은 콩으로 메주를 쑨대도 안 믿습니다!"

이놈의 새끼가?

사부의 고마움에 눈물을 글썽이며 읍소한 것이 엊그제거늘!

"어휴! 믿었던 내가 잘못이지 누굴 탓하겠습니까."

……‥.

위대한 검신도 완벽하진 않았다.

하루에도 수십 번씩 지형이 바뀌는 것이 사막.

모래 폭풍의 바람결에 따라 수백, 수천 개의 구릉이 생겼다가 사라지기를 반복하는 마당인데 검신의 수백 년 전 기억과 맞아떨어질 리가 없지 않은가.

하기야 검신도 신강 땅을 밟아 본 것은 일평생에 딱 한 번뿐. 그만큼 이곳은 중원인이 함부로 올 곳이 아니었다.

그때, 조휘가 서 있는 곳의 뒤편 구릉 쪽에서 모래 먼지가 일렁이며 인기척이 느껴졌다.

"음?"

낙타를 타고 사막을 건너는 다섯 인형들.

그들은 시커먼 피풍의(避風衣)를 온몸에 두른 채 낙타에 바짝 몸을 뉘이고 있었다.

오랜 세월 사막을 오간 자들의 노하우가 한눈에 느껴진다.

하지만 조휘는 그런 그들의 노련함보다는 낙타들의 허리

춤에 매달려 있는 가죽 부대가 더욱 반가웠다.

"무, 물!"

그들도 조휘를 발견한 모양.

이윽고 선두의 낙타가 멈추었다.

피풍의에 달린 모자를 뒤로 뒤집으며 묘한 눈으로 조휘를 바라보는 자는 놀랍게도 어린 소녀였다.

소녀가 천천히 낙타를 몰아 조휘에게 다가왔다.

이어 휘둥그레 떠진 소녀 두 눈.

곧 그녀가 조휘를 미친 놈 보듯 멍하니 쳐다보더니 배를 잡고 웃었다.

"호호호호호! 말(馬)? 사막에 말?"

말은 기본적으로 땀을 많이 흘리는 동물.

이처럼 메마른 사막에 데려올 짐승이 아닌 것이다.

이 용루합의 끝자락까지 말을 죽이지 않고 데려온 것이 오히려 장할 지경.

처음에는 세 마리였다는 것을 알게 되면 그녀는 또 어떤 표정을 지을까?

조휘는 별안간 자신을 바보 취급하는 소녀를 마뜩지 않게 쳐다보았다.

사막의 벤츠가 낙타라는 걸 누가 모르나 이년아?

'위대하고 고명하신 검신' 사부께서 하루라도 빨리 가야 한다고 닦달하지만 않았으면 이렇게 일직선으로 가는 일은 없였을 거란 말이다!

그때.

푹!

곡도를 꺼내 그대로 흑마의 목덜미 동맥을 찔러 버리는 소녀!

이어 허리춤에 차고 있던 가죽 부대를 그대로 흑마의 벌어진 상처의 틈에 박아 버린다.

순간 험악하게 일그러진 얼굴의 조휘가 뭐라고 따지려는 찰나.

"이 녀석 눈동자 안 보이세요? 어차피 오늘 밤을 못 견뎌요. 신선할 때 피를 취해야죠?"

이히이이이잉.

가늘게 몸을 떨며 천천히 쓰러지는 흑마.

녀석의 눈을 보니 고통을 느끼기보다는 오히려 편안한 기색이다.

왠지 고통을 덜어 준 느낌.

조휘가 입술을 짓씹으며 다시 소녀를 응시했다.

"그래도 남의 재산을 함부로……!"

"여기."

어느새 낙타의 허리춤에 매달린 가죽 부대를 조휘에게 내미는 소녀.

"무, 물?"

곧 조휘가 꺼져 가는 흑마의 생명을 뒤로하고 번들거리는 눈빛으로 가죽 부대를 받아 들었다.

정신없이 마셔 대는 조휘!

벌컥벌컥!

소녀가 마치 다 비우려는 기세의 조휘에게 다가가 다급히
가죽 부대를 빼앗았다.

"한꺼번에 많이 마시면 안 되는 거 몰라요? 그리고 당신만
살 작정이에요?"

"아, 미안하오!"

사막에서 물이란 천금보다도 더한 가치.

하지만 소녀의 입장에서도 결코 손해는 아니었다.

사막인들에게 짐승의 피는 물보다 더 귀한 물자.

물은 수분을 취할 따름이지만 짐승의 피는 수분과 함께 염
분을 보충할 수 있었기 때문이다.

피에는 철분을 비롯한 각종 영양소가 듬뿍 담겨 있다.

하지만 최악의 단점이 있었다.

바로 오래 보관할 수 없다는 것.

사막에서 짐승의 피는 반나절도 채 견디지 못하고 상하기
시작한다.

소녀의 일행들도 하나둘 낙타에서 내리더니 흑마의 곳곳
에 상처를 내어 피를 받기 시작했다.

"뭐 하세요? 당신도 빨리 피를 취하세요."

"……."

뭐 이런 새끼들이?

물을 준 건 고맙긴 한데 다짜고짜 남의 말을 죽이고 피를 받는 건 좀 미친놈들 같지 않나?

당장 눈앞의 소녀만 해도 그래도 생명을 해치는 일인데 너무 거리낌이 없다.

그때, 조휘의 시야를 함께 공유하고 있던 검신이 다급하게 외쳐왔다.

-성화흔(聖火痕)! 마교도들이다!

'예? 성화흔? 그게 뭡니까?'

-저기 사내들의 이마를 보라!

조휘가 살피자 과연 그들의 이마에는 불에 지진 듯한 흔적이 남아 있었다.

-저것이 바로 영화령을 받아들인 흔적. 마교도들은 저 상처를 성화흔이라 부른다.

문득 조휘가 소녀를 응시했다. 한데 소녀의 이마에는 아무런 흔적이 없었다.

-여교도들은 배꼽 위에 영화령을 받아들인다. 사내들은 마신에게 혼을 바치지만 아녀자들은 태(胎)를 바치지. 마(魔)의 영기(靈氣)를 받은 아이를 생산하는 것이 여신도들에게는 최고의 축복이자 영광이다.

검신 어른의 설명을 들은 조휘는 그 지독한 마교도들의 광기에 내심 가슴이 서늘했다.

맹목적인 광신, 그 미친 믿음의 행위들이 끔찍하리만치 소름이 돋았다.

남녀가 사랑하여 축복받아야 할 임신마저도 종교에 이용되다니!

-마교의 중추에 들지 못한 하교도(下敎徒)들이긴 하나 마교도는 마교도. 모조리 죽여 없애라!

예?

조휘가 소녀를 바라보며 멈칫하며 얼굴이 굳어졌다.

아직 아이의 티도 채 벗지 못한 저런 어린 소녀를 죽이라고?

사람을 죽인다는 것.

풍진강호를 누비는 강호인들에게 있어서 필연적으로 쌓일 수밖에 없는 악업이다.

그 악업 앞에 아무리 의(義)가 붙고 협(俠)이 붙어도 사람을 죽이는 행위, 그 행악의 본질이 사라지진 않는다.

더구나 현대인의 관념을 지닌 조휘.

그에게 있어 생명을 죽인다는 것은 더욱 간단치 않았다.

살아 있는 생선의 목을 칼로 자르는 것도 두렵고 가슴이 서늘한 법.

대학 시절, 캠프파이어에 모인 그 어떤 친구들도 살아 있는 닭을 잡을 수 있는 이가 없었다.

하물며 살아 있는 사람을?

더 말해 무엇하겠는가.

그런 조휘의 심정을 읽었는지 검신이 더욱 침중하게 말했다.

-마(魔)라는 놈이 얼마나 위험한지 네 녀석은 아직 모른다. 그렇다면 겪어 보거라.

조휘가 물끄러미 소녀의 일행을 쳐다보고 있었다.

그들은 흑마의 곳곳을 해체하며 살뜰하게 피와 살을 챙기고 있었다.

일을 다 마치자 곧바로 피가 가득 담긴 가죽 부대를 들이켜는 마교도들.

흑마의 피가 그들의 얼굴로 목으로 흘러내려 피풍의가 온통 검붉게 젖는대도 그들은 마시는 것을 멈추지 않았다.

그렇게 가죽 부대를 모두 비운 그들이 곧 조휘에게 다가갔다.

가장 음침한 눈을 한 마교도가 경계를 풀지 않으며 입을 열었다.

"이대로 쭉 가면 신강. 무슨 일로 그 고된 길을 가는 거지?"

이 험한 곳까지 허술하게 말을 몰고 온 것을 보면 이자는 사막의 상인이 아니다.

무엇보다 허리에 찬 철검.

별다른 양식도 없는 흔한 철검이었지만 병기를 들고 있는 이상 무인이라는 뜻.

한데 조휘의 입에서 뜻밖의 말이 흘러나왔다.

"천마성으로 가고 있소."

순간, 마교도들의 눈빛이 일변했다.

차앙!

기다란 장검을 뽑아 들며 새하얀 이를 드러내는 마교도들.

"감히 불신도 주제에 천마성 운운하다니! 죽고 싶은 게로 구나!"

이마에 성화흔이 없는 것으로 보아 필시 이놈은 이교도나 불신도였다.

"불신도?"

지금까지 이 먼 곳으로 오면서 마교에 관해서는 검신 어른께 귀가 닳도록 들어 왔다.

이들이 천마의 성화를 믿지 않는 자들, 즉 불신도를 얼마나 하찮게 생각하는지 너무도 잘 알고 있었다.

순간 살벌하게 얼굴을 일그러뜨리는 조휘!

이윽고 조휘의 메소드 연기가 펼쳐진다.

부우우우우웅!

그의 쌍 장에 맺힌 새하얀 기운!

"아직 영화령을 받아들이지 못했다 하여 이 내가 마신님의 종복이 아니게 되느냐!"

갑자기 조휘가 방향을 틀어 천산 쪽으로 오체투지한다.

"존귀하신 암흑의 신성이시여! 영세토록 타오르는 마화의 불꽃이시여! 이들이 저의 혼주(魂朱)를 부정하나이다! 이 신실한 종복의 목소리를 듣지 못하나이다!"

순간 검신은 소름이 돋았다.

마교도들의 제례 문화를 끈질기게 물어보더니 설마 처음
부터 이 짓을 하려고?

'그렇게 지켜보고도 절 모르십니까?'

사람을 죽여 없애는 건 자신의 방식이 아니다.

입심과 잔머리에도 경지가 있다면 이 몸은 이미 자연경.

지금까지 창천검패를 취하고 합비를 지배하며 강서의 절
반을 먹은 것이 어디 무공으로 다 이룩한 것인가?

"비, 빙공(氷功)?"

소녀의 두 눈이 휘둥그레 뜨여져 있었다.

조휘의 두 손에 맺힌 새하얀 기운!

신강 땅, 천산을 앞에 두고 '옛 신교'의 제례법으로 몸을 낮
추는 빙공의 무인?

소녀가 몸을 부르르 떨며 눈을 굴렸다.

"혹시…… 설마…… 귀하는……."

조휘가 벌떡 일어나며 더욱 강맹하게 빙공을 일으켰다.

부우우우우웅!

오래전 신교가 암흑신교라 불렸던 시절, 북해의 빙공마저
무색하게 만드는 절륜한 극음의 마공이 있었다.

구음마경(九陰魔經)!

한때, 암흑신교의 팔대마가(八大魔家)에 속했던 구음마가
의 마공!

구음마경은 당시의 교주가 신교를 지탱하는 호법마공이라

며 입이 닳도록 칭찬했던 최상승의 마공이었다.

신교의 악적 검신에게 암흑신교가 무너진 후, 또 하나의 마가가 신교의 품으로 돌아왔다.

마가들의 복귀는 신교 최대의 비원.

소녀가 눈물을 글썽이며 무릎을 꿇었다.

"흑흑…… 음귀당의 혈화(血花) 사운향! 구음마가의 귀환을 마화의 이름으로 존(尊)합니다!"

"마화의 이름으로 존하오!"

"마화의 이름으로 존하오!"

털썩털썩.

마교도들이 모두 무릎을 꿇자 조휘는 더욱 근엄한 표정을 지어 보였다.

겉만 훑은 북해의 빙공으로 이런 잔꾀를 생각해 내다니!

검신으로서는 그저 혀를 내두를 수밖에 없었다.

천마성에 잠입하기 위한 가장 효과적인 수단?

당연히 마교도로 위장하는 것이 가장 수월할 것이다.

일은 확실히 저질러 놨는데 지금부터가 문제.

연신 호감 어린 얼굴로, 때로는 존경을 가득 담아 자신을 바라보는 다섯 마교도들의 시선이 조금, 아니 많이 부담스러웠다.

후끈한 사막의 열기에 지쳐 빙공을 일으켜 온몸을 주무를 때면.

"우와! 구음마경의 음한기공을 이렇게 직접 견식하게 되다니 정말 영광이에요!"

초롱초롱한 눈망울을 빛내는 소녀 마교도.

사막의 모래 바람을 막기 위해 호신강기를 일으킬 때면.

"구음마가의 존성(尊聖)이시여! 지금 이 미천한 몸이 보고 있는 것이 혹시 마도기공의 극한 호신마벽(護身魔壁)입니까?"

경이에 찬 눈으로 자신을 바라보고 있는 굵은 수염의 마교도.

고요한 사막의 밤이 너무 적적하고 잠도 오지 않고 해서 조용히 빠져나와 검을 연마하고 있는데.

"이럴 수가! 검의 경지도 대단하십니다! 존성의 검무가 일전에 제가 본 구유환마가(九幽幻魔家)의 극락환희무(極樂歡喜舞) 못지않습니다! 감히 존경드립니다!"

흥분을 가득 담은 목소리로 외치고 있는 음산한 외눈의 마교도.

일이 이 지경에 이르자 조휘는 어떤 행동도 좀처럼 편하게 할 수가 없었다.

이 새끼들이 지금 자신을 감시하는 건지 아니면 진짜로 존경스러운 건지 혹은 아부를 떨고 싶은 건지 분간이 되지 않았다.

-저들은 언제 어떤 임무에 투입되어 죽어도 할 말이 없는 하교도들. 그런 저들이 네 녀석을 마교로 복귀하고 있는 구음마가의 존성이라 믿고 있는 이상 최대한 그 끈을 유지하려 들

299

것이다. 힘의 논리가 지배하는 마교에서 고위 존성과 인맥을
다져 놓아서 나쁠 것이 없지.

'음······.'

조휘가 다섯 마교도들을 측은하게 바라보았다. 그럼 그 모
든 것이 살기 위한 몸부림이었단 말인가.

하지만 의아한 것이 있었다.

아무리 빙공과 마교의 제례법을 보여 주었다고 하나 어떻
게 이렇게 쉽게 자신을 존성이라 여기는 거지?

존성이란 마교 내에서 최소한 주교나 장로, 혹은 대주쯤 되
어야 불릴 수 있는 칭호가 아닌가?

-답답한 녀석. 그게 호신강기(護身罡氣)를 드러낸 놈이 할
말이더냐? 네 녀석이 드러낸 무위는 화경. 이는 마교의 경지
로 극마(克魔)의 경지와 비견되거늘, 당연히 네 녀석이 영화
령을 받아들이고 정식으로 입교하면 존성의 위계에 오를 거
라 생각하는 게다. 하물며 네 녀석은 마가의 후예를 자처하지
않았느냐?

조휘가 묵묵히 고개를 끄덕이며 생각을 정리하고 있는 그
때, 소녀 마교도가 말려 놓았던 말고기, 아니 불쌍한 흑마의
일부(?)를 조휘에게 내밀고 있었다.

"이거 드세요 존성!"

딴에는 한껏 애교를 담아 건네고 있었지만 조휘는 소름만
돋을 뿐이었다.

"저, 저리 치워."

소녀 마교도, 사운향은 그런 순진한 조휘의 모습을 재미있다는 눈으로 바라보고 있었다.

그 옛날 암흑신교 시절, 구음마가의 전설은 익히 들어 알고 있었다.

한 줄기 음유한 장력만으로 더러운 중원 놈들을 모조리 얼려 버리는 마도기공의 극한!

그 무시무시하고도 가공한 손속은 팔대마가의 정점이요 으뜸이었다.

당시의 교주께서도 구음마가를 가장 아꼈다고 한다.

구음마경은 다수를 상대하는 데 있어 가장 효율을 보이는 마공.

전장에서 구음마가의 전력은 가히 신교제일이라 불러 마땅했다.

그런 구음마가의 고수들은 하나같이 매몰차며 잔악한 성정을 지니고 있다고 들었다.

한데 눈앞의 예비 존성, 이 오라버니(?)는 다르다.

신교의 교도들과는 달리 말투도 나긋나긋했고, 이처럼 자신이 타고 다닌 말의 고기라 하여 기겁을 하는 그 모습까지 귀엽기 짝이 없었다.

마치 신교에 입교하기 전의 자신 같다.

그의 이 모든 순수한 모습이, 영화령을 영혼에 새기고 천마님의 성화를 마음에 품는 순간 눈 녹듯 사라지겠지.

아?

또 이런 불경한 생각을!

"아아! 성화이시여! 이 미천한 종이 잠시 삿된 마음을 품었나이다!"

갑자기 천산 방향으로 엎드리는 사운향.

이어 그녀는 천하의 죄인인 양 몸을 내리깔고 연신 바닥에 머리를 찍고 있었다.

그 모습을 본 네 명의 마교도들이 입술을 오물거리며 조용히 주문을 읊조린다.

신교의 종복이 성화를 향해 죄를 고하면 주위의 교도들은 불경한 마음을 품은 종복의 영혼을 함께 저주해야만 한다.

죄의 삿은 피(血).

굵은 수염의 마교도가 소녀에게 다가가 그녀의 피풍의를 단숨에 찢었다.

쫘아아아악!

"아흑……!"

굵은 수염의 마교도는 엎드린 채 흐느끼고 있는 사운향을 한 차례 경건한 얼굴로 응시하더니, 곧바로 곡도를 꺼내 그녀의 등에 기이한 문양의 상처를 내기 시작했다.

사운향의 등에 피가 흘러나오자 또다시 중얼중얼 주문을 외는 마교도들.

'와 씨.'

조휘가 눈살을 찌푸리며 고개를 절레절레 저었다.

과연 광신도는 광신도.

벌건 대낮에 아무 거리낌도 없이 여자의 옷을 찢는 것으로도 모자라 저리도 칼로 난도질하다니!

이와 같은 일을 얼마나 당했는지 사운향의 등에는 상처 자국이 수없이 덧칠되어 있었다.

신교는 개뿔 미친놈들!

이래서 네놈들이 마교 소리 듣는 거야!

계획이 틀어지면 자칫 자신도 저런 의식을 당할 수도 있다고 생각하니 조휘는 갑자기 오한이 치밀었다.

구음마가의 후예로 위장한 이상 일단 천마성에 입성할 때까지만 이놈들과 함께한다. 그 이상은 위험하다.

조휘가 골치 아픈 심정으로 사운향을 응시하고 있었다.

사막에서 맨몸을 드러내는 건 매우 위험하다.

뜨거운 일광이 몸에 직접적으로 닿으면 땀이 나고 그 땀은 순식간에 증발한다. 체내의 수분을 빼앗기는 것이다.

이와 같은 사실을 사막의 고인물, 이 마교도들이 모를 리가 없었다.

그럼에도 저렇게 옷을 다 찢어 놓다니!

조휘가 걸레짝이 된 피풍의로 가슴을 감싸며 일어나는 사운향을 물끄러미 바라보다 한숨을 내쉬며 자신의 외투를 건

넀다.

"걸처."

"아, 존성님! 괜찮은데……."

"싯팔, 내가 안 괜찮아."

감읍하며 조휘의 외투를 받아 드는 사운향.

조휘가 시큰둥하게 예를 물리더니 먼저 나아갔다.

지평선 너머 아득히 뻗어 있는 사구(沙丘)의 물결에 조휘
는 또 한 번 몸서리를 쳤다.

이놈의 사막은 가도 가도 항상 똑같은 풍경이다.

힘겹게 수십 리를 걸어왔다고 생각했는데 언제나 제자리
같은 느낌.

도무지 견딜 수 없는 심정이다.

이런 사막을 평생토록 지나다닌 사막의 상인들은 진정 인
간이긴 한 걸까?

그런 막막한 심정으로 반나절을 더 걸어갔을 때 드디어 조
휘의 시야에 변화가 들어왔다.

"어?"

사구의 어귀로 어스름하게 드러나는 무리들. 그렇게 사막
을 횡단하는 무리들이 한두 개가 아니었다.

멀리서 그 모습을 바라보니 마치 줄지어 다니는 개미들처
럼 모든 일행이 한 방향으로 나아가고 있었다.

그 광경을 지켜보던 사운향이 환한 얼굴을 했다.

"교우들이네요!"

그들은 마신강림제를 위해 모여드는 마교도들이었다.

흩어져 임무를 수행하던 마교도들이 모두 신강의 천산(天山)으로 향하고 있는 것이다.

조휘가 음침한 목소리로 말했다.

"후일 알아서 너희들을 챙기겠다. 대신 내가 구음마가의 후예라는 것을 교도들에게 함구하라."

극마지경에 이른 예비 존성이 알아서 자신들의 뒤를 봐주겠다고 한다.

그 한마디에 다섯 하교도들은 하나같이 감동한 얼굴로 조휘에게 지극한 예를 표했다.

"아, 알겠습니다. 존성!"

"그렇게 하겠습니다! 존성!"

조휘가 등에 메고 있던 방립을 꺼내 깊숙이 눌러썼다.

어느덧 지평선 너머로 사라지기 시작하는 해.

점점 어둠이 드리우자 고요한 긴장감이 조휘의 가슴을 적시고 있었다.

◆ ◈ ◆

쏟아질 것만 같은 사막의 별빛 아래 수십 개의 막사가 세워졌다.

모인 마교도들은 어림잡아도 오백여 명.

조휘는 최대한 그들과의 접촉을 피한 채 막사의 귀퉁이에서 조용히 검신 어른과의 대화에만 몰두하고 있었다.

'하교도들은 속일 수 있지만 수뇌부들의 눈에 띄면 어떡합니까? 그들을 적당히 속일 수 있는 마공이 필요합니다.'

뻔뻔한 제자의 요구에 검신은 기가 찼다.

하도 당당히 연기를 펼쳐 보이길래 내심 무슨 뾰족한 수라도 있는 줄 알았건만!

검천대신공(劒天大神功).

검신의 이 내공심법은 일견 도가의 신공처럼 느껴질 정도로 정순하기가 이를 데 없었다.

마공과는 극상성을 자랑하는 검천대신공을 운영하여 그 기운이 외부에 드러나는 순간, 바보가 아닌 이상 곧바로 중원인이라는 것을 알아차릴 수 있는 것이다.

이미 조휘는 공단(空丹)을 이뤘기에 평상시에는 평범한 양민처럼 보인다.

허나 긴박한 상황에서 무공이 드러나면 무조건 정체를 들키게 마련이었다.

-마공(魔功)이라…….

극의를 이루기 위해 일평생 무학에 심취한 검신답게 한때 마공을 연구한 적도 있었다.

마공도 뛰어난 점은 있다.

사파의 패공(覇功)들과 마찬가지로 일정한 경지까지는 속성으로 도달할 수 있다는 것.

물론 오랜 역사를 지닌 마교이기에 패공보다는 무학적으로 훨씬 깊고 너른 완성도를 지니고 있었다.

문제는 마공의 경지가 높아지면 높아질수록 인간 본연의 인성(人性)이 결여된다는 것이다.

늘 피를 갈구하고 파괴하고 싶은 욕망으로 가득 찬 인간을 어찌 무인이라 부를 수 있겠는가.

상위 마공으로 가면 갈수록 이런 입마의 벽은 높아진다.

그래서 마(魔).

역천(逆天)을 기반으로 하는 이상 마공은 정도의 무인이 결코 함부로 건드릴 영역이 아니었다.

그 옛날 검신도 마공에 심취했다가 그런 삿된 욕망에 휩싸여 호된 경험을 한 적이 있었다.

ㅡ음……

검신이 잠시 상념에 빠져들었다.

자신의 제자는 이미 공단을 이루었으며 초보적이지만 의념을 다루는 절대경. 쉽게 마공의 겁화에 휩싸일 경지는 아니다.

게다가 가만 생각해 보니 입마의 증세를 보인다 해도 자신이 빙의해서 바로잡아 준다면 그만이지 않은가?

이런 개사기를 봤나?

무학적인 측면에서도 마공을 공부해 보는 것이 그리 나쁘지만은 않았다.

한데 검신이 알고 있는 마공은 단 하나.

그것이 조금 문제였다.

-마신공을 배워 보겠느냐?

마신공(魔神功)?

잠깐만, 앞에 '천(天)'자가 빠진 것 같은데요?

설마 마교도들이 마신의 공부라 하여 '마신공'이라 칭송하고, 중원인들은 따로 '천마신공' 혹은 '자하마공'이라 부르는 그 전설의 내공심법을 말하는 겁니까!

-그렇다.

소오름.

어쩐지 화산에서 무슨 마신경 제 사경 '이화진체'니 '마화'니 그렇게 훈계를 늘어놓으시더라니!

이미 한번 익히셨던 무공이었단 말입니까?

-본 좌의 검천대신공에 그 일부가 녹아 있지.

도대체 어떻게요?

-암흑마교를 멸하고 손수 만마총(萬魔塚)을 부순 것은 본 좌다.

아 예. 그런데 그 와중에 그걸 챙기셨다고요?

-그, 그건 무인의 순수한 호기심이었느니라. 게다가 마신공의 안배는 무혼을 넘어 무극에 이른 본 좌만이 발견할 수 있는 종류였다.

어쨌든 마신공은 정파인들이 피에 사무쳐 두려워하는 그 전설적인 자하마공이라는 소리.

조휘는 섣불리 내키지가 않았다.

자신이 마신공의 무위를 드러내는 순간 시커먼 암자색의 귀화가 뭉게뭉게 피어오를 텐데 그것은 오히려 더 부작용만 일으킬 터였다.

마공의 기운을 최대한 없앤 화산의 자하신공도 그토록 개성 있는 모습을 연출하는 판국인데 '찐'이라 할 수 있는 '마신공'이라면 상상만으로도 끔찍하다.

-바보 같은 녀석. 네놈이 필요한 것은 검천대신공을 숨길 수 있는 단순한 '마기'가 아니더냐. 화경 이상의 무위를 드러내지만 않으면 될 터.

유형화된 내공이 몸 밖으로 배출되어 아지랑이처럼 흩날리는 경지를 진무화라 부른다.

지금 검신 어른은 그 진무화만 조심하면 된다고 말하고 있는 것이다.

'오호! 당장 배우겠습니다!'

그 순간, 검신 어른의 진중한 음성이 조휘의 내부로 울려 퍼졌다.

-입화전륜(入花轉輪)…… 명천회회(冥天回回)…… 역혼망안(逆魂亡安)…… 부법무진(不法無盡)…… 득아유공(得我幽空)…….

그렇게 검신은 마신공의 삼천칠백 자 법문 구결(口訣)과 육백이십오 혈(穴)의 역천의 행로를 천천히 조휘에게 읊어 주고 있었다.

역설적이게도, '마신'의 무공이 조휘에게 전해지고 있는 것이다.

◆ ◆ ◆

막사 군락에서 한참이나 떨어진 곳.

불룩한 사구 아래 몸을 숨긴 채 삼천칠백 자 법문 구결을 외고 있는 조휘는 기이한 감각에 휩싸여 있었다.

구결이란 창안자와 그 후대들이 겪은 모든 깨달음의 집합, 그 심득의 파편들.

그런 수많은 깨달음들을 단순한 문자로 표현하니 모든 것이 추상적일 수밖에 없다.

한데도 마치 오랫동안 처박아 두었던 옷을 새로 꺼내 입는 느낌이 든다.

법문 구결을 머릿속에 새기면 새길수록 그렇게 착 달라붙는 기묘한 느낌은 더욱 가속되고 있었다.

성화를 받아들이매 돌고 도는 만물의 이치를 깨닫고(入花 轉輪).

어두운 하늘그늘 아래 우리내 사람 역시 쉴 새 없이 도는도
다(冥天回回).

돌고 돌아 다한 혼을 찢어 바치니 내 잊힌 안식이여(逆魂
亡安).

모든 법도가 무너지고 무궁무진의 마로서 홀로 남으니(不
法無盡).

마침내 진정한 마의 자아를 얻거니와, 그것은 마치 구유의
무저갱 속 공허와 같더라(得我幽空).

……

……

이어진 장구한 법문 구결.

이게 도대체 무슨 뜻인가 싶다가도 막상 외우면 절로 심상
으로 떠올려져 뇌리에 쏙쏙 박히는 기묘한 현상.

조휘는 그렇게 점점 무아지경에 이르렀다.

분명히 찰나임을 인식하고 있음에도, 영겁의 시간이 지나
간 듯한 이율배반적인 감각.

그렇게 수백 년을 산 것 같은 탈력감을 느끼는 그 순간, 마
치 혼백에서 뭔가 쑥 하고 빠져나가는 느낌이 들더니 이내 불
꽃처럼 타오르는 형상이 되었다.

두근.

순간 세상이 멈추는 느낌과 함께 찰나에 허공으로 시야가

솟구친다.

그것은 마치 머나먼 허공에서 자신을 바라보는 듯한 기이한 감각.

저기, 자신의 육체 속에 타오르는 자색 불꽃이 점차 시야로 가득 차올랐다.

자색 불꽃은 세를 점점 불리더니 이내 자신의 육체를 모두 태워 없앨 기세의 눈부신 광휘가 되었다.

'……성화?'

조휘는 본능적으로 그것이 마교도들이 말하는 성화(聖火)라는 것을 깨달았다.

검신 어른은 저것더러 분명 '마화'라 불렀다.

한데 저 자색 광휘에는 사특하거나 그 어떤 파괴적인 기운도 느껴지지 않았다.

'마공이 맞는 건가?'

이게 마신공이라고?

성신공(聖神功)이 아니라?

그때, 검신 어른의 경악성이 들려왔다.

-도, 도대체 네 녀석은 뭐냐! 어떻게 모든 단계를 건너뛰고 곧바로 연혼천시(煙魂天示)를 이룰 수 있는 거지?

마신공에는 단계가 있었다.

제일경 자혼화령(紫魂火靈).

제이경 무상전륜(無常轉輪).

제삼경 천요마주(天窈魔朱).

제사경 이화진체(二花眞體).

제오경 진마합도(眞魔合道).

제육경 연혼천시(煙魂天示).

제칠경 마신지경(魔神之境).

처음에 자신의 제자가 자혼화령을 피워 낸 것만으로도 검신은 경악했다.

구결을 읊으며 역천의 마신공을 운기한 지 고작 세 시진.

한데 자화를 피워 낸 것으로도 모자라 순식간에 모든 단계를 뛰어넘으며 연혼천시를 이뤄 버린 것이다.

아직 전륜의 법도도 세우지 못했고 구유의 심연을 바라보기는커녕 자화를 천지간에 둘로 나누지도 못한 녀석이다.

쪼개진 자화의 혼을 오랜 심마의 반복 끝에 합일(合一)하고, 그 후로도 수십 년간 거듭 연혼(煙魂)해야 비로소 볼 수 있는 것이 저 완성된 자화.

희노애락을 짓이기고 마침내 인간의 모든 욕망에서 초연하며, 그렇게 처절한 광기의 영겁을 극복해야만 진정한 자화를 완성할 수 있는 것이다.

그것이 바로 입신에 이른 마신의 마화요, 모든 마교인들이 칭송해 마지않는 성화다.

성화(聖火).

불교의 돈오(頓悟), 도교의 무상(無常)의 경지와 비견되는 인간이 도달할 수 있는 최고의 경지.

인간이되 신의 경지를 뜻하는 마신의 경지를, 조휘는 겨우 한 단계만 남겨 두고 있었다.

과연 이게 가능한 것인가?

검신은 끝도 없이 꼬리를 무는 의문에 정신이 나갈 지경이었다.

고금에 가장 뛰어난 무인이라 칭송받았던 자신조차도 마신공을 해석하는 데 사십 년 이상을 몰두했다.

그만큼 과연 사람이 설계한 내공심법이 맞나 싶을 정도로 지극한 완성도를 자랑하는 마공.

검신은 이 모든 현상이 결코 우연이 아닐 것이라는 본능적인 예감이 들었다.

일단은 당면한 문제부터 해결하는 것이 급선무.

-*어서! 어서 서둘러라! 방치했다가는 이혼(移魂)의 작용을 막을 길이 없는 터!*

그렇지 않아도 조휘는 당황하고 있었다. 점점 시야가 자신의 몸에서 멀어지고 있었기 때문.

'뭘 어떻게 해야 합니까!'

-*다시 마화와 합일하고 싶다는 마음을 강렬히 염(念)해라!*

'염(念)!'

화아아아악!

염원이 강렬하게 일자 엄청난 속도로 시야가 빨려 들어가며 마침내 조휘는 몸을 되찾았다.

"허억! 허억!"

그야말로 엄청난 경험!

그렇게 조휘가 터질 듯이 두근거리는 심장을 겨우 진정시켰다.

어느덧 자신의 몸 주변으로 자색 마화가 너울거리며 피어났다.

'아아……'

세상 만물을 찢어발길 수 있을 것만 같은 강렬한 고양감이 내부로 가득 차오른다.

그때, 단 한 번도 경험해 보지 못한 현상이 조휘의 의천혈옥에서 일어났다.

우우우우웅!

의천혈옥이 너울거리는 자색 마화에 닿자마자 갑자기 떨기 시작한 것!

그렇게 한참이나 격렬하게 떨리던 의천혈옥이 순간 완연한 청색(靑色)으로 변하자 모든 떨림이 잦아들었다.

'어?'

조휘가 잘못 봤나 싶어 연신 눈을 껌뻑이며 의천혈옥을 살피고 있었지만 본래의 핏빛으로는 결코 돌아오지 않았다.

이를 지켜본 모든 선조들은 하나같이 흥분을 감추지 못했다.

-업(業)이다! 혈옥에 업이 쌓인 것이다!

-이럴 수가! 처음부터 의천(義天)의 연자는 네 녀석이었구나!

-허허! 선재로다!

-그럼 모든 겁난을 종식시킬 자가 바로⋯⋯!

그제야 조가의 선조들은, 자신들이 목도하고 있는 조휘라는 자손이 고작 사마(司馬) 따위를 연연하는 작은 운명이 아니라는 것을 깨달았다.

한데, 그들의 흥분하는 목소리가 점점 잦아든다.

마치 머나먼 곳에서 들려오는 메아리처럼, 그들의 목소리가 점차 옅게 흩어져만 가고 있었다.

순간 가공할 소음이 조휘가 귀를 강타했다.

삐이이이이이-

그대로 주저앉아 귀를 틀어막는 조휘!

"으아아아!"

너무나 강렬한 고통!

하지만 조휘는 그런 고통 속에서도 두 눈을 부릅뜨며 경악하고 있었다.

자신과 선조들을 잇고 있던 어떤 단말이 끊어진 느낌!

갑자기 조휘가 눈물을 왈칵 쏟아 냈다.

"어르신들! 검신 사부님! 맹덕 어르신! 만상조 어르신!"

아무리 애타게 불러 보아도 반응이 없었다.

마치 목소리가 닿지 않는 느낌.

사막의 밤하늘 아래에는 오직 고요한 적막만이 감돌았다.

'더 이상 검신 어른의 목소리를 들을 수 없다고?'

털썩 주저앉는 조휘.

지독한 상실감이 몰아쳤다.

지금에 와서야 자신이 얼마나 선조들을 의지하고 있었는지 깨달았다.

'어떻게 된 일이지?'

마신공이 대체 무엇이기에 의천혈옥을 변화시킨단 말인가?

조휘는 내부에 웅크리고 있는 자색 귀화를 복잡한 심정으로 관찰했다.

찰나 속에 억겁을 보았던 방금 전의 그 현상은 마치 검총에서의 열락, 그 깨달음의 삼 년과 비슷한 느낌이었다.

검천대신공은 검신 어른이 자신의 몸에 강제로 새긴 길.

과거에는 그런 막강한 힘을 그저 꺼내서 쓰기만 하면 되는 것이었다.

허나, 법문 구결의 깨달음을 통해 얻은 마신공은 그 결부터가 달랐다.

확실히 느낄 수가 있었다.

검천대신공과는 달리 마신공은 완전히 '자신의 것'이 되었다는 것을.

조휘가 마신공을 끌어올린 채 검천전능지체로 세상을 본다.

달라진 세계.

시야에 담기는 수많은 물리학적 도식의 정보, 그 모든 결이 달라져 있었다.

천하 만물의 법칙이 보인다.

머나먼 창공 밖에서 어렴풋이 느껴지는 어떤 의지들.

비로소 조휘는 자신이 절대자가 되었다는 것을 명확히 인지할 수 있었다.

조휘가 마신공을 극한으로 끌어올려 본다.

그의 두 동공이 처절한 자색으로 물들자.

동시에 암자색 귀화가 조휘의 전신에서 뿜어지며 강대한 힘을 발산하기 시작했다.

콰콰콰콰콰콰!

사막의 용권풍보다 더한 폭풍이 조휘의 사방으로 뻗어 물결친다.

조휘가 철검을 들며 의지를 일으켰다.

천하공공도(天下空空道)!

엄청난 사구 언덕 하나가 순식간에 허공으로 증발한다.

푸스스스스.

'이렇게 쉽게?'

이어 연달아 일으킨 천하공공도!

사막의 하늘 아래 수십 개의 점이 생겨나더니 이내 부유하는 둥근 어둠으로 확장되었다.

푸스스스스스!

순식간에 증발되어 버리는 수십 개의 사구들!

'이건 마치…….'

화산에서 지켜보았던 검신 어른의 신위 같지 않은가?

이렇게 연달아 천하공공도를 쓸 수 있다는 것도 놀라웠지만, 아직 내부에서 타오르고 있는 마화는 여전히 광대무변한 힘을 과시하고 있었다.

'이게 신(神)들의 진정한 내공심법…….'

조휘는 차원이 다른 마신공의 위력에 그저 감탄밖에 나오지 않았다.

겉핥기만으로 펼친 내공심법과, 스스로 깨달아 이룩한 내공심법의 차이가 이 정도였단 말인가?

처음부터 검신 어른께 검천대신공의 법문 구결과 기혈의 행로를 전해 받았다면 이런 경지에 좀 더 빨리 이르렀을 텐데.

어쨌든 이 정도면 할 수 있다.

부활한 천마가 얼마나 강할지 몰라도 결코 질 것 같은 예감이 들지 않는다.

그런데 왜 이렇게 마음이 공허할까.

의천혈옥, 아니 청옥을 다시 품속으로 감추며 조휘가 막사를 향해 걸어 나아갔다.

조휘에게는 오늘이 생애에서 가장 긴 밤이었다.

<5권에 계속>

슬기로운 회귀생활

※출판 일정에 따라 출간일은 변경될수
2020년 11월
1, 2권 동시출간

가문의 이익을 위해 길러진 개, 황재건.
당연하게도 그 인생의 끝은 토사구팽이었다.
철저히 이용만 당하다 버려진 그날,
세상은 그에게 또 한 번의 기회를 주었다.

[기반된 운명(運命)이 수레바퀴에 의해 뒤틀립니

눈앞에 보이는 광경은 10여 년 전 머물던 방 안
F급 각성으로 찬밥 신세를 먼치 못했던 20살 때였

'이건…… 그냥 나잖아?'

그런데 SSS급 헌터의 힘이 그대로다.